JN041627

前略母上様　わたくしこの度
異世界転生いたしまして、
悪役令嬢になりました　2

アティルイブックス

Character

◆レオ・アングラード

隣国からルクレール王国へやって来た、謎多き留学生。見た目はクールだが、性格は穏やかで優しい。はじめはリオネルに冷たくあしらわれるセレナを気の毒に思っていたが、次第に恋心を抱くようになる。実はルクレール王国との間に、ある秘密があって……？

◆リオネル・ルクレール

ルクレール王国第二王子。金髪と碧眼が美しい正統派イケメンだが、性格はワガママ。セレナの婚約者でありながら、同じ学園に通うミアに惚れている。セレナを無視して愛を育む姿は、周囲から冷ややかな目で見られることも……。

◆ミア・ブランシャール

ブランシャール男爵家の令嬢。小柄で可愛らしい雰囲気の持ち主。セレナとはある共通点があるようで……？

◆セレナ・リュミエール

リュミエール公爵家の令嬢で、明るく天然な美女。婚約者であるリオネルに浮気されているが、前世の記憶を思い出したことで、“悪役令嬢”としてリオネル達の恋を応援することに。なにかと気にかけてくれるレオに対して、今まで感じたことのない感情を抱いている。

◆リュカ

セレナの侍従で、スラリとした好青年。なんでもそつなくこなす完璧な仕事ぶりを見せる。セレナがどのような道を選んでも付いていく覚悟を決めている。

Contents

プロローグ

『嫌うことなどない』

あの時、レオ様のそのひと言で、わたくしの胸の痛みは薄れていきました。

なぜあの時、わたくしは胸が痛んだのでしょう？

悪役令嬢を目指すと決めたわたくし、〝悪役〟なのですから、嫌われることもあるだろうと覚悟していたはずです。

それなのに、なぜ。

レオ様のことは、出会った時からとても良い方だとは思っておりました。

初めてお会いしてからそう月日は経っておりませんが、誠実で、優しくて。

笑顔がとても素敵だなと、一緒にいると落ち着くなと、そう感じておりました。

もちろんエマ様やジュリア様に対してだって、同じような感情を持っております。

けれどおふたりとは、わたくしが悪役令嬢になって婚約破棄されても嫌わないでいてくれるでしょうという、信頼関係があります。

ですが、レオ様とわたくしの間には、そのような信頼関係はありません。

当然ですわね、まだ知り合って間もなく、言葉を交わしたのも数えるほど。

毎日のように共に過ごしているおふたりとは違う、それは分かっているのです。

ちょっとした誤解で嫌われることもある、その程度の間柄です。

だからこそ、怖い。

レオ様に嫌われてしまうのが。

けれど、その理由が分かりません。

母上様になら、答えがお分かりになるでしょうか？

わたくしなどよりも賢く、美しく、経験豊富な母上様になら、きっと。

ああ、けれど。

『ご自分で考えてごらんなさい。考えることを放棄して、なんでも人に聞けば良いというものではありませんのよ？　自分の気持ちと向き合って、なぜ嫌われたくないのか、自分で考えなさい。それは、人に答えを教えてもらうものではありませんよ』

母上様ならば、そんな風にわたくしを叱るでしょうね。

自分の気持ちと向き合い、自分で考えなさいと。

——次はいつ、会えるでしょうか。

レオ様のことを考えてそう思ってしまう、自分の気持ち。

その気持ちに気付くまでには、そう時間は長くかからないかもしれません。

悪役令嬢になると決めた自分の気持ちとも向き合って。

わたくしはこれから、どんな未来へと歩いていくのでしょうか？

欲張りだと言われてしまうかもしれません、けれど。

物語のような大団円、不可能に近いと分かっていながらも、わたくしはそれを願わずにはいられません——。

第1章　なんともないと放っておくのは良くありませんよ？

お忍びでお買い物に出かけた翌日、わたくしは学園でいつものように歴史や算術、魔法などの講義を受け、エマ様とジュリア様と一緒に食堂で昼食をとっていました。

「え。では、セレナ様も王宮に呼ばれたのですか？」

「〝も〟？　他にもどなたか呼ばれているのですか？」

実はこの後王宮に呼ばれているので早退するのだという話をすると、ジュリア様が驚いたようにそうおっしゃいました。

「フェリクス様です。今日お昼をご一緒する予定だったのですが、王宮に呼ばれたから欠席すると言われて。残念だけど仕方ありませんよねというお話をしていたんです」

昨夜、リュカのマッサージが気持ち良くてついうとうとするわたくしを、ランスロットお兄様がお訪ねになりました。

曰く、お父様とお兄様を通じて、王族の方々直々にわたくしに聞きたいことがあるから登城してほしいと申し出があったのです。

内容については書かれていないとのことでしたが、お父様が外交の要職に就かれているので、その関係でしょうか。

もしもフェリクス殿下も関わっているのなら、その可能性が高いですわね。

「まあフェリクス殿下はお隣の友好国の王子様ですから、王宮に呼ばれるのも分かりますけど。セレナ様まで？　ひょっとして、別件なんじゃゃ……」

エマ様が言おうとしていることに気付き、わたくしははっとしました。

ひょっとして、リオネル殿下とのことでしょうか？

婚約破棄を申し出るおつもりとか？

いえ、それならばランスロットお兄様がもっと恐い顔をしていたはずですわ。

昨日のお兄様は、珍しく表情が硬いといいますか、難しそうな顔をしていました。

それに聞きたいことがあるという言い回しは少しそぐわなく思いますね。

ならばやはり、外交関係……？

「ですがセレナ様、そんなに外交にお詳しかったですか？」

「いえ、それなりに勉強はしていますが……」

そうなのです、ジュリア様がおっしゃる通り、わたくしには王宮に勤める外交官以上の知識も情報も持ってはおりません。

普通に考えたら、わたくしに聞きたいことなどないでしょう。

「全く心当たりがない呼び出しというのも、不安ですね……」

「大丈夫ですわ、ジュリア様。大したことのないお話かもしれませんし。まあリオネル殿下と仲良くしてほしいと言われないと良いですわね、くらいに考えておりますから」

心配そうな表情のおふたりに、努めて明るくそう返します。

とはいえ、確かに少しだけ不安ではあります。

なにか、良くないことでなければ良いのですが……。

◆　◆　◆

そして昼食後、わたくしはリュカとふたり、王宮から派遣された馬車に乗りました。

リュカも今回の呼び出しには心当たりがないので、首を捻って考えています。

「んー、やっぱり第二王子と男爵令嬢《バカップル》のことじゃないですか？　低能な女に唆《そそのか》されている息子の心を取り戻せとかなんとか」

「まあ！　ミアさんは低能ではなくてよ。それに取り戻すもなにも、リオネル殿下のお心は元よりわたくしにありませんわ。ですから、そのようなお話ではないと良いのですが……」

その可能性も捨て切れず、どんよりとした気分になってしまいます。

エマ様とジュリア様にはああ言いましたが、不安な気持ちがないわけではありません。

そんな時ほど時の流れとは早く感じるもので、もう王宮に着いてしまいましたわ。

ああ、馬車の停留場にお父様とランスロットお兄様の姿が見えます。

迎えに来て下さったのはありがたいのですが、なにやら重要な話が待っているようで恐ろしくもあります。

馬車が止まり、リュカの手を借りて降りると、お父様とランスロットお兄様がすまなそうに出迎えてくれました。

「悪いな、学園まで早退させてしまって」

「いいえ。王宮からの呼び出しをお断りすることなど、できませんから」

「ここでは詳しいことを話せないんだ。ついてきてくれるかい？」

おふたりの表情が硬いままなところを見ると、どうやら深刻な話、または悪い話なのでしょう。

ですが、なぜこの時間に呼び出されたのでしょう。

もしもリオネル殿下関係のことだとしたら、朝から、もしくは学園が終わってから呼び出せば良いことです。

この中途半端な時間に、なにか意味があるのでしょうか？

そんなことを考えながらしばらく王宮の廊下を歩くと、衛兵の立つ部屋の前でお父様とお兄様が止まりました。

王宮にはリオネル殿下の婚約者として何度か赴《おもむ》いていますが、この部屋は初めてですね。

扉の装飾からして、会議室でしょうか？

「リュミエール公爵家の方々が到着されました」

「入れ」

衛兵がそう伝えると、扉の向こうから、くぐもってはいましたが威厳《いげん》のある声が返ってきました。

もしかして。

開かれた扉、その中にいらっしゃったのは、予想通りの人物でした。

「リュミエール公爵令嬢。なんの説明もなく、急に呼び出して申し訳ないな」

実年齢よりもお若く見えますが、その目の光は確かに為政者に相応しく、しかし尊大ではない品格のあるお姿。

「ごめんなさいね。今日は愚息のことではなく、別のお話があるの」

そしてそのお隣には、控え目ながらも芯のある強さが窺《うかが》える、知性溢れる目の輝きをお持ちの上品な貴婦人。

ルクレール王国、国王夫妻。

この国で最も高貴なお方達が、そこにはいらっしゃったのです。

何度かリオネル殿下の婚約者としてお会いしている王妃様はともかく、なぜ国王陛下までここにいらっしゃるのでしょう？

さすがのわたくしも驚きを隠せずにおりましたが、すぐに我に返ってご挨拶を申し上げます。

ですが、先ほど王妃様はリオネル殿下のことではないとおっしゃいました。

ならば一番都合の悪いお話ではないはずです。

「リュミエール公爵令嬢、とりあえず座ると良いよ」

はっとして声のする方を見れば、広い室内、会議用の大きな机にはフェリクス殿下が座っていました。

そして、不本意そうな顔をしたリオネル殿下と、なぜかレオ様も。

外交関係の話だと仮定して、リオネル殿下とフェリクス殿下はともかく、なぜレオ様が？

そのお顔も、どことなく沈んだものに見えます。

「ふむ。公爵と子息も掛けなさい。さて、リュミエール公爵令嬢、セレナ嬢。ここからは他言無用の話になる。外部に漏らさないよう、約束してもらいたい」

そうですわね、まずはお話を伺いましょうと戸惑いながらも頷けば、陛下は満足気に微笑みました。

そして陛下が目配せをすると、お父様がわたくしを呼んだ事情を説明して下さいました。

ルクレール王国から遠く離れた辺境の地に、キサラギ皇国という小さな国があります。

……個人的にこの国名には些《いささ》か親しみがありますが、この小国の文化はあまり諸外国に伝わっておりません。

日本にも鎖国時代というものがありましたが、それほどではないにしろ、あまり外国との交わりを推進していない国なのです。

そんなキサラギ皇国が近年唯一皇族に連なる者を嫁に出したのが、フェリクス殿下の母国、セザンヌ王国。

キサラギ皇国の媛《ひめ》が、セザンヌ王国の公爵家の跡取りと恋に落ち、かなり異例ではありましたが、数年かけて嫁入りが認められたのだとか。

とても愛されていた媛だったため、その訴えに泣く泣く皇族が折れたようですが、それだけ想いが強かったのでしょうね。

その媛は数十年前にすでに亡くなっておられるのですが、皇族の媛を思う気持ちは衰えることなく、毎年この時期に使者が墓参りにいらっしゃるのだそうです。

「それはもう、我々も知らないうちにお忍びでやって来て勝手に帰られることがほとんどで、あまりお姿を見たことがなかったのですが……」

フェリクス殿下も苦笑いでそう補足されます。

それほどまでに外国との関係を持たないようにしているのですね。

少し話は逸《そ》れましたが、とにかく今年も墓参りに使者達がいらっしゃって、その帰路で問題が発生したのです。

風水害です。

キサラギ皇国に帰るために必ず通ることになる、ルクレール王国に隣接するある国がその被害に見舞われていたのです。

被害はあまりにひどく、無理に通ることは不可能なのだとか。

そのうえ、使者の中に重傷者がいるらしく、今いる位置から一番近いルクレール王国に助けを求めてきたというのです。

災害の復旧作業は進んでいますが、それをゆっくりと待つほどの余裕がないようです。

「まさか、国交のない我が国に助けを求めるなんて……」

「それだけ、重傷者が国の要人なのだろう。彼らにとってもやむない判断だということだね」

わたくしの戸惑いに、ランスロットお兄様がそう答えます。

そしてその便りは昨晩突然送られてきて、今朝からフェリクス殿下を交えて色々と話し合っていたのだそうです。

そのためわたくしの呼び出しがこの時間になったのだと説明されましたが、なぜわたくしなのでしょう？

「セレナ。君が一度だけ異国の踊りを見せてくれたことがあるだろう？」

「異国の？　……ああ、そうでしたわね」

日本舞踊のことですわね。

確かに一度だけ、ランスロットお兄様とエリオットお兄様の前で舞ったことがありました。

わたくしの前世を知らない方ばかりの中で本当のことを言うのは躊躇《ためら》われたため、異国のという表現をされたようです。

「あれね、僕も確信が持てなかったんだけれど、キサラギ皇国の伝統舞踊にそっくりなんだ。多少とはいえ国交のあるフェリクス殿下に確認したから、間違いない」

「……そんな、まさか」

なぜ。

だってあれは、異世界の、しかも日本という一国の伝統文化です。

「という話を公爵子息から聞いてね。言い方は悪いが、我が国としてはこの機会にキサラギ皇国との繋がりを持ちたい。重傷者の手当てももちろんだが、手厚くもてなして恩を売りたいのだよ」

遠回しな言い方をしない陛下の潔さに、ほんの少し好感を覚えました。

一国の長たるもの、綺麗事だけではいけませんものね、そのお考えは正しいでしょう。

キサラギ皇国は他国にはない技術と文化を持ち、そして類稀《たぐいまれ》な魔法学の進んだ国なのです。

恩義に厚く、礼節を重んじる国としても有名で、詳しくはあまり知られていませんが、恩のある国や人が、かの国から他に比類ない恩恵を受けたとの話もあります。

その技術や文化、魔法の素晴らしさを見ることができたひと握りの方々は、揃《そろ》ってかの国を褒め称えるのだとか。

どことなく日本と通ずるものがありますわね。

「それで、つまりわたくしの舞でもてなしたいとのことですの？」

「平たく言えばそうだ。それだけではない、君は先だっての魔法の実技試験で、素晴らしいものを見せてくれたらしいな」

あの魔法陣のことですね。

なるほど、学園からの報告もあったでしょうが、陛下は間近で見ていたリオネル殿下に話を聞いたのでしょう。

「自国の伝統舞踊に似た踊りを披露してくれた舞い手が魔法学にも詳しいとなれば、使者達との話も弾むかもしれん。リオネルが最近習得した魔法陣の古代文字は、実はキサラギ皇国のものだと言われているのだよ」

あの下手く……いえ、個性的な平仮名のことですわね。

試験の時に見た筆跡を思い出すと、残念な気持ちになってしまいます。

それはともかく、平仮名がキサラギ皇国の文字であるということや、国民性などからも、ひょっとしたら日本と良く似た国なのかもしれませんね。

となれば。

「分かりました。お引き受けいたします」

がたんと席を立ち、やる気満々で高らかにそう宣言します。

「うーんやっぱりそうなっちゃうよね。知ってたけど」

「そんな責任重大なこと、愛娘には任せたくなかったのだが……」

お兄様とお父様が諦めたようにため息を漏らしましたが、わたくしはもう決めましたの。

もしかしたら日本に似た文化の国の方々と出会えるかもしれず、しかもそれが困っているかの国の使者や自国、家族のためにもなる。

情けは人の為ならず、それにもしここで借りを作っておけば、わたくしが悪役令嬢となった際も少し情けを頂けるかもしれません。

「不肖《ふしょう》ではありますが、誠心誠意心を込めて、キサラギ皇国の皆様を〝おもてなし〟させて頂きますわ！」

「〝オモテナシ〟？　へえ、初めて聞いた言葉だけれど、すごく良いね。じゃあ微力ながら僕も協力させてもらうよ」

はりきるわたくしに、フェリクス殿下が楽しそうにそう言って下さいました。

セザンヌ王国は公爵家に嫁いだ媛様の件もありまして、わずかではありますがキサラギ皇国と国交がありますもの、心強いですわ。

そんなわたくし達を、リオネル殿下が面白くなさそうに見つめていました。

なにか言いたそうなお顔をしていますが……。

「おい、言っておくが失敗は許されないんだからな。上手くいかないからといって、後で尻尾を巻いて逃げ出すなよ」

まあ！　これは『気を引き締めて臨《のぞ》め。逃げなくても自分達王族がフォローするから自信を持て！』という激励でしょうか？

普段わたくしに冷たい殿下も、国の大事ですから気を使って下さったのですね、さすがひーろーですわ！

「おやおや第二王子殿下におかれましては、ご自分の立場というものをご理解されていないご様子ですね」

「ふーむ、別に私達は断っても良いのですが？　その代役は第二王子殿下が務めて下さるのでしょうね。なにせ娘の婚約者ですから」

キラキラとわたくしが考えを膨らませていると、ランスロットお兄様とお父様がとても良い笑顔でそうまくし立てました。

　陛下が慌てて愚息の話は聞き流してくれ！　と遮《さえぎ》っていますが、おふたりの笑顔の奥にはものすごく黒いなにかが見えます。

　お父様とお兄様には殿下のお心が伝わっていないみたいですね。

　非常に残念なことです、ここはわたくしからふたりにひと言……。

「ストップお嬢。逆にややこしくなるから、ここは黙っておきましょう。ね？」

　口を開きかけた瞬間、リュカに止められてしまいました。

　まあこのままでは話が進みませんし、殿下には後で謝って……。

「余計な気遣いも不要です」

　……最近思うのですが、リュカにはわたくしの思考が読めるのでしょうか？

　強く念押しされて、仕方なくここは引き下がることにしました。

「コホン。では話を戻すが、使者達が我が国に到着するのは、明日の昼頃のようだ。治療魔法に優れた魔術師と医師の手配は済ませてあるから、負傷者の回復の見込みができたら歓迎の宴を開こうと思っている」

　そこでわたくしが舞を披露するということですのね。

　しかし陛下は治療魔法に優れた魔術師とおっしゃいましたが、キサラギ皇国の方々の方が魔法にはお詳しいのでは？

「うむ、今回は治療専門の魔術師を連れておらず、機動力重視のメンバーだったようなのだ。

国に帰ればすぐに治療できるだろうから、ある程度回復できれば大丈夫だろう」

なるほど、とりあえず体を休めに寄るだけだということですのね。

速さを重視しましたのに、負傷者が出てしまったうえに予定よりも帰還が遅くなってしまい、使者達もやきもきしていらっしゃることでしょう。

「予定よりも長旅になってしまったとなると、お食事も自国のものが恋しいかもしれませんね……」

「そうだね、お米が主食だという話だから、米料理の得意な料理人を呼ぶと良いかもね。それに加えてこちらの国の料理もお出しするのはどうだろう？」

わたくしの呟きに、フェリクス殿下がそう継いで下さいました。

お米が主食とは、ますます日本文化に似た国だという印象が強くなります。

「だが、負傷者には消化の良いものが良いのではないか？　豪華《ごうか》な食事は負担がかかるぞ」

それまで黙っていたレオ様が、ここで会話に参加してきました。

レオ様もフェリクス殿下と一緒に意見を聞くために呼ばれたのでしょうね。

確かにレオ様の意見は一理あります。

「消化の良い米料理といえば、お粥ですわね！」

「「オカユ？」」

あ、お粥はこの国にはない料理でしたわ。

わたくしの知る、病人にも優しい簡単に作れる料理なのだと説明すれば、それは良いかもなと皆様同意して下さいました。

「あまり知られていない料理ならば、料理人も作り方を知らない可能性があるな。セレナ嬢、教えてやってくれるか？」

「わたくしで良ければ、断る理由などありませんわ」

レオ様ににこりと笑顔を返します。

「ちょっと待て！　い、いや、待って下さい！　フェリクス殿下、アングラード殿、お気持ちは嬉しいですが、そう勝手になんでも決めてもらっては……」

「良い。私が許す」

「リオネル、皆様真剣に考えて下さっているのです。横槍を入れるような発言は控えなさい」

リオネル殿下を両陛下が窘《たしな》めます。

ですが殿下の言い分ももっともですわ。

この国の王子殿下ですもの、きちんと意見を聞かなくてはいけませんわね。

「殿下、なにか良い案がありましたらお話し下さい。わたくしもお聞きしたいですわ」

「っ！　おまえなどに話すことはない！　父上、母上、失礼します！」

わたくしの言葉が気に障ったようで、リオネル殿下は扉を力任せに閉めて出ていってしまいました。

そんな殿下に、両陛下が俯《うつむ》いてため息を漏らしました。

「申し訳ありません、陛下。わたくしが余計なことを」

自分の発言で空気を悪くしてしまったことを申し訳なく思い謝罪すると、良いのよと王妃様が苦笑いしました。

「きっと次々と意見を出し合うあなた達に嫉妬《しっと》したのね。ごめんなさいね、甘やかして育ててしまったから……」

ただでさえ嫌いなわたくしと一緒なのも、殿下にとっては苦痛だったのでしょう。

ミアさんと一緒なら、きっとふたりで困難を乗り越えたでしょうに……。

あ。そう、そうですわ！

「王妃様、殿下のことですが。ブランシャール男爵令嬢についてはご存知ですよね？」

「「「「ブランシャール男爵令嬢……？」」」」

その名前に、王妃様だけでなく陛下やお父様、ランスロットお兄様やレオ様までぴくりと表情を変えました。

あ、まずいですわ。

「ごめんなさいね、セレナ嬢。私達の中で、その方の名は禁句となっているの」

先ほどの悲しげな表情とは一転、笑顔を見せた王妃様は一見とても麗《うるわ》しいですが、手に持って口元を隠した扇の向こう側がどうなっているのか。

怖くて見たくないと思ってしまうほどに黒いなにかを感じますわ。

「……申し訳ありません。なんでもありませんわ」

とっさにそう口を噤《つぐ》むくらいには、わたくしも危機管理能力というものを持ち合わせておりますの。

ここでリオネル殿下とミアさんの絆を見せつけてはどうかと思ったのですが、あえなく失敗に終わりましたわ……。

とりあえずこの話は日本で言うところの外務大臣的立場にいるお父様が責任者となり、ランスロットお兄様を中心として動くことになりました。

両陛下との話し合いを終えた後、わたくしはまずお粥の作り方を伝授しに、王宮の厨房へと向かいました。

わたくし達が話し合っている間に米料理の得意な料理人を探していたのだそうです。

さすがに王宮に勤める方々はお仕事が早いですわね。

「新しい米料理を教えて下さるとか！　お嬢様、よろしくお願いいたします！」

下町の頑固親父のような方にこんな小娘に教わることなどない！　と言われたらどうしましょうと思っていたのですが、気のいいお兄さんで良かったです。

目をキラキラとさせて、教わる気満々なのが嬉しいですわね。

といってもそんなに手の込んだお粥を作るわけではないので、教えるほどのものではないのですが。

ではまず……と早速始めようとした時。

「大変です！　キサラギ皇国の使者達がもうすぐ到着するとの知らせが来ました！」

「えっ？」

ランスロットお兄様の部下である文官からの突然の報告に、わたくしも料理人の方も目を丸くしました。

「どういうことですか？　到着するのは明日だって話でしたよね」

「そ、それが……」

怪訝《けげん》な顔のリュカに圧倒されながらも、報告に来てくれた方は簡単に事の成り行きをお話ししてくれました。

どうやら重傷者の怪我の具合が思わしくなく、迎えにと寄越したルクレール王国の馬車の移動速度を、彼らが温存していた魔力を余すことなく使ってかなり速めたそうです。

「それほど急いで向かっているのであれば、よほどの重傷なのでしょうね。大丈夫なのでしょうか？」

「詳細は分かりませんが、とりあえずお出迎えに一緒に来て頂けますか？」

焦る文官の後について外の馬車置き場まで急ぐと、キサラギ皇国の使者達を乗せた馬車が、遠くはありますが目に見える場所までやって来ていました。

どうやら間に合ったようですね。

すでに並んでいたお父様やお兄様の少しうしろに並び控えて、息を整えます。

魔法を使ったとのことですが、なるほどものすごい勢いで馬車が走っています。

ですが、中にいる重傷者の負担も大きいのでは……ああ、それも魔法でなんとかしているのかもしれませんね。

魔法とは本当に便利なものです。

こっそりとひとり納得していると、わたくし達が並ぶ百メートルほど手前で馬車はスピードを落とし、そのままゆっくりと止まりました。

こちらからいきなり開けては失礼ですので、中の方が開けて下さるのをじっと待ちます。

ごくりと息を呑むと、中からゆっくりと馬車の扉が開かれました。

そこから現れたのは、褐色の肌を持つ、若くて大柄な男性。

「キサラギ皇国、使者のハルと申します。この度の受け入れ、非常に感謝しております。失礼とは存じておりますが、まずはこちらの怪我人の治療を優先させて頂きたい！」

ハルと名乗った男性は、なんとか冷静さを保とうとしてはいましたが、冷や汗をかき、かなり焦った様子が窺えます。

大剣を担いでおり、鎧は着ておらず西洋の騎士服とも少し違いますが、動きやすい服と籠手《こて》を身に着けていることから察するに、彼は護衛なのでしょう。

そして重傷者は、恐らく彼の主人。

「ええ。私はランスロット・リュミエールと申します。今回の滞在、基本的には私が担当させて頂きますのでお見知りおきを。部屋を用意しておりますので、まずは怪我人を運びましょう」

ランスロットお兄様が簡単に挨拶をし、移動して治療をと促します。

その対応にハル様もほっとした様子でお願いいたしますと答えました。

そして騎士達に手伝ってもらいながら、馬車の中からひとりの男性を背負って出てきました。

ハル様の背でぐったりとしている男性も、褐色の肌。

荒い呼吸をしており、目はきつく閉じているため瞳の色は分かりません。

そしてその背から、大量の血が滲《にじ》んでいるのが分かりました。

「これはひどい……！　おい、必要なものを揃えて医者と魔術師をすぐに貴賓室に呼べ！　急がせろ！」

さすがのランスロットお兄様も驚き、すぐにそう指示を出しました。

到着がかなり早まったため、医者も魔術師も準備が十分に整っていなかったのが辛いところですね。

「お兄様、わたくしも一緒によろしいですか？」

「……分かった。しかし女性には目を逸らしたくなるような傷かもしれない。無理はしないと約束してくれるかい？」

お兄様は一瞬迷いながらも、許可を出してくれました。

医学に心得《こころえ》があるわけではありませんが、ひょっとしたら現代日本の知識を活かしてなにかできることがあるかもしれません。

母上様の言葉が、脳裏に思い出されます。

『苦しんでいる者から目を背けては駄目よ。自分にできることを常に考えなさい』

はい、母上様。

わたくしに、できること。

この世界にはまだ菌の存在が知られていません。

少し見ただけでしたが、あの出血の様子からすると、恐らく傷は裂傷。

しかも傷を負って数日が経過しているとのこと。

魔法でただ傷を塞ぐだけでは、中で化膿してしまう可能性があります。

前世ならば抗生物質を含む薬を使えば良いのですが、この世界でそのような薬を見たことがありません。

それならば。

「わたくしに、考えがありますの」

日本語を駆使して魔法を使えば、あるいは。

貴賓室に移動し、ハル様は整えてあったベッドに男性をそっと横たえます。

傷は背中、仰向けだとかなり痛むのでしょう、うつ伏せの状態にさせていますので、長めの前髪で顔が隠れ、あまり顔立ちはよく分かりません。

ですがその顔色が悪いことだけは、はっきりと見て取れます。

「医者がもう少しで来ます。まずは、なぜこのような怪我を負ったのか、お聞きしても？」

ランスロットお兄様の問いに、苦々しくもハル様は口を開きました。

曰く、重傷者の方はレイ様とおっしゃるそうです。

ハルを含め三人で旅に出た往路は順調で、墓参りも無事に終わらせたのですが、帰路で必ず通らなくてはいけない国で、大雨が降ったのだそうです。

使者達が通る前日から降り注いだ雨は激しく、また風も強く、洪水・土砂崩れの被害も大きかったそうです。

それでもなんとか通過しようと半ば無理矢理進んだのですが、そこで事故が起こりました。

川に近い街。

今にも決壊しそうな川から離れるために、避難しようとしていた街の子どもが迷子になっているのを見つけたレイ様は、子どもを放っておくことができず、手を差し伸べようとしました。

その時。

暴風に煽られ、立っていられずにバランスを崩した子どもの元に、折れた若い木の幹が飛んできたのです。

それに気付いたレイ様は、とっさに子どもを庇《かば》いました。

そうして、背中に傷を負ったのだそうです。

「傷を負った当初はそれほど出血もひどくなかったので、我慢できないほどではなく、早く本国に戻ればなんとかなると思っていました。しかし土砂崩れで橋が倒壊し、結局一度引き返すことになってしまい……」

何日か待てば雨風も止み、通れるようになるだろうと思っていたのに、傷が悪化したのですね。

そしてはじめはそれほど深くないと思っていた傷も、飛んできた木の幹なら汚れていたでしょうし、それでできた傷口を綺麗に洗わなくては細菌感染する可能性が高いです。

適切な処置をせず放置したことで化膿し、無理を押して動いたことで傷が塞がらず、出血が続いてしまったのでしょうか。

この顔色の悪さは、出血多量によるものもあるのかもしれませんね。

そのうえ、予想外の長期の旅になってしまい、食事も十分でなかったやもしれず……。

色々な悪条件が重なってしまったのだと思うと、胸が痛くなります。

なにしろ、わたくしも彼と同じように子どもを庇って命を落とした経験がありますゆえ。

「同行していた魔術師も、ずいぶん魔力を消費して疲弊しております。一緒に馬車に乗っていた彼女にも、休める場を頂けますか？」

そこで申し訳ないと思っているのか、おずおずとハル様はそう申し出ました。

どうやら三人目の使者の方は、女性の魔術師さんのようですわね。

馬車が到着した時には気付かなかったのですが、もうおひとり女性が乗っていたようです。

ランスロットお兄様はその言葉に頷き、部屋を用意するよう部下のおひとりに指示しました。

そうしているうちに廊下が騒がしくなって、貴賓室の扉がノックされました。

「ランスロット殿、遅くなって申し訳ありません」

医師と魔術師がやって来て、すぐにレイ様の診察に入りました。

「これは……！　ううむ、ひどいですな」

レイ様に負担のないよう汚れた服を切り開き、傷が見えるようにしたのですが、わたくしからはよく見えませんでした。

けれど、医師が顔を顰《しか》めるほどに傷は深いようです。

「傷の周りもずいぶん汚れている。よく見えないので、魔術師殿、洗浄魔法をお願いできますか？」

「はい」

傷口を綺麗にするのは大切なことですので、ここは黙って見ていましょう。

魔術師の方が描く魔法陣はとても緻密で、汚れていた背中が一瞬で綺麗になったことからも、効果がすごく高いのが分かります。

さすがですわ。

食い入るようにその様子を見ていると、戸惑った医師の方がお兄様に目配せをしました。

「ああ、彼女は僕の妹だ。魔法もかなりのものだし知識もある。なにかできることがないかと同席させてほしいと言われてね」

それならばと医者も魔術師もちらりとわたくしを見て軽くお礼をしてくれました。

邪魔だと言われなくて良かったですわ……。

いえ、思ったかもしれませんが、ランスロットお兄様の前では言えませんよね。

せめてわたくしも深々とお礼を返しましょう。

「ええと、では魔術師殿。〝治療《ヒール》〟の魔法をかけてまずは傷を塞ぎ、出血を止め……」

「あっ、ちょ、ちょっとお待ち下さいませ！」

「セレナ？」

「お嬢？」

医師の言葉に被せるように発言したわたくしに、ランスロットお兄様とリュカをはじめ皆様驚いたようにこちらを振り返りました。

「……ご令嬢、なにか？」

ハル様も鋭《するど》い眼つきでわたくしを睨《にら》んできます。

それはそうですよね、どう見ても治療の邪魔をしようとしている女にしか見えませんもの。

「あの、気になることがありますので、わたくしにも近くで傷を見せて頂けませんか？」

ハル様の目をじっと見つめながらそう伝えると、しばらくの沈黙の後、ゆっくりとその口が開かれました。

「……分かりました」

眉根を寄せつつも、ハル様は引き下がってくれたのです。

それに感謝し軽くお礼をすると、わたくしはベッドに近付きました。

お兄様がそれを止めようとしていたので、視線で大丈夫ですと伝えます。

ベッドに横たわるレイ様の背中には、洗浄魔法で綺麗になってはいましたが、大きな亀裂が走っていました。

暴風で飛んできた木の幹、恐らくすごい勢いだったのでしょう。

そして、もしもその迷子の子どもに直撃していたら。

結果は、想像に難くありません。

「幼い子どもを庇ったその勇気、尊敬いたします」

レイ様の意識がないことは分かっていましたが、苦痛に歪《ゆが》むその顔に向かってそう囁きます。

そして近くで見せて頂いたのですが、思っていた通り、傷は開いたままで化膿しかかってい
ました。

きっと護衛達の足を引っ張りたくないと思い、無理をしていたのでしょう。

ここで前世の知識を思い出すのに、そっと目を閉じました。

裂傷、化膿、その処置方法。

ただの〝治療《ヒール》〟では傷を塞ぐだけになりかねません。

まず傷から体内に入ってしまった菌を殺し、それから皮膚の修復をしなければ。

順序立てをした後は、魔法陣に描く図形と文字を考えます。

基本は〝治療〟の図形、それにいくつか足して、日本語で書く文字は。

「……決まりました。お兄様、お医者様、魔術師殿、そしてハル様。わたくしに考えがあるの
ですが、聞いては頂けませんか？」

初めての魔法、望むほどの効果が得られるかは分かりません。

けれど、これだけの深い傷、〝治療〟だけでは中から化膿が進み、後にひどいことになって
しまうということは分かっています。

ならば、わたくしはやってみたい。

自分にできることを信じて。

治療に慣れた医師や魔術師もご一緒ですから、納得して頂けるよう、わたくしは傷のことだけでなく、菌の存在、その菌が人体に及ぼす影響についても説明していきました。

そして、わたくしがやろうとしている魔法での治療についても。

「ふーむ……。にわかには信じられませんが……。しかし、ご令嬢の言い分に説得力も感じます。確かに深い裂傷を治療した後、そのような不調を引き起こす者もいるにはいるのです」

「〝治療〟は万能ではないということですね。それにしても、そんな聞いたことのない魔法があるなんて……」

冷静な医師と魔術師は、はじめこそわたくしがなにを言い出すのかと怪訝そうにしていましたが、説明を聞くにつれて真剣な表情で聞き入ってくれました。

「いえ、傷を負った直後ならば良いのです。ただ、傷を綺麗に洗わなかったり長時間放置したりすると菌の感染が進んでしまうので、〝治療〟だけでは足りないと申しますか……」

ちらりとハル様の方を見やります。

彼を納得させることができなければ、わたくしが魔法で治療することはできません。

わたくしの話を静かに聞いて下さってはいましたが、それと納得してもらえるかは別の話です。

きっとレイ様は、彼にとって大切な人。

誰にでも治療を任せられるような存在ではないはずですから。

「……何度か、手当せずに放置した者の傷から、レイ様と同じようにジュクジュクした黄色い汁が出たり、赤く腫れ上がってしまったりするのを見たことがあります」

徐《おもむ》ろにハル様が話すのを、わたくし達は黙って聞いていました。

「確かに彼らも、我が国の治療魔法専門の魔術師達でも完璧に元通りに治すことはできなかった」

傷はしっかり洗えと、魔術師達にそう言われていたのに……とハル様が悔しそうに震えながら零します。

そんな彼の前にそっと近寄り、心を込めて伝えます。

「どうか、わたくしに機会を頂けませんか？　レイ様を、優しいあなたの主を、苦しみから救って差し上げたいのです」

子どもを庇ってできた傷。

前世のわたくしと重ねているだけなのかもしれませんね。

けれど、この、彼を治したいという気持ちは本物です。

「……私や同行しているもうひとりの魔術師には、レイ様を治療して差し上げることができない。あなた方に頼るしかないのだ。そちらの医師や魔術師、そしてランスロット殿がそれが良いと判断したのであれば……」

「……僕は、セレナにならできるだろうと思っている」

静かに語るハル様に、お兄様も優しい声で応えてくれます。

先ほどは止めたそうにしておりましたが、わたくしの説明を聞いて表情を変えておりましたものね。

わたくしの背中を押して下さるお兄様に、感謝の気持ちで一杯ですわ。

そして、リュカ、医師と魔術師もその隣で頷いてくれます。

「ならば、私がどうこう言うつもりはありません。このままだと、レイ様の命も脅かされるのですから。ご令嬢、どうかお願いいたします」

決意の表情で、ハル様がわたくしに頭を下げてくれました。

彼の、その想いに応えるためにも。

「精一杯、心を尽くしますわ」

頭を下げたままのハル様の、震える肩にそっと触れて。

ベッドで横たわるレイ様の方を振り返り、傷のある背中に向かって右手の人差し指を掲げます。

傷口の洗浄は済んでおりますので、まずは殺菌から。

水魔法の基本的な魔法陣を元に、治療魔法の図形を組み合わせ、最後に書く文字は。

「〝殺菌《ステリライズ》〟」

わたくしの声に反応して魔法陣から現れ出たのは、キラキラとした清浄な水の粒。

傷から体内へと染み込み、わずかにレイ様の体がぴくりと反射反応を見せました。

沁みたのでしょうか。

前世で幼い頃のわたくしも、転んだ後の擦《す》り傷に消毒液をかけられるとよく泣いてしまいましたものね。

……わたくしが庇った飛び出し注意の坊やは、大きな怪我はなさそうでしたが、擦りむいたりはしなかったでしょうか。

「お嬢、大丈夫ですか？　どうかしました？」

いえ、今はそれを思い出している時ではありませんね。

「ごめんなさい、リュカ。なんでもありませんわ」

新しい魔法を使うわたくしを、リュカは心配してくれているのでしょう。

「続けます」

次は、化膿したところの治療。

こちらは治療魔法の基本図形を描き、入れる文字を漢字に変えます。

そして最後の文字は。

「〝化膿止め《アンチ・サピュレーション》〟」

今度は銀色の光が傷口を覆《おお》い、黄色い汁が少しずつ消えていくと、赤い腫れも引いていきました。

そしてジュクジュクしたところは乾き、出血も止まったように思います。

こころなしか、レイ様の表情も和らいできたような……。

現代日本ならば、ここで輸血となるやもしれませんが、さすがに血液型が分かりませんし、まず魔法で血を複製できるのかも不明です。

彼の気力と体力を信じ、食事療養でなんとかするしかありませんわね。

あとわたくしにできることは、傷を塞ぐことだけ。

そこで医師と魔術師ふたりの姿を見て、はっとしました。

わたくし、出しゃばってしまいましたが、おふたりがやるべきお仕事を奪ってしまったのでは……！

ですがここでお役目を譲るのも違う気がします。

どうしましょうと顔を青くしていますと、それに気付いたように、ああと医師が微笑んでくれました。

「我々にはお気遣いなく。このような治療法があるのかと、感心し勉強させて頂いておりますので」

「ええ、ご令嬢の噂は聞き及んでおりましたが、よもや治療魔法や医術にも明るいとは。私もこの機会に学ばせて頂いています。どうぞ最後までしっかりと治療して差し上げて下さい」

魔術師の方まで優しいお言葉をかけて下さいました。

申し訳なさと共に皆様のお心が嬉しくて、はい！　としっかり頷き返します。

できるだけ傷跡が残らないように。

丁寧に魔法陣を描き、力を込めて漢字を書き入れていきます。

普通の〝治療《ヒール》〟では、足りないかもしれません。

弱った体に負担がかからないように、できるだけ元の状態に近く。

そこでわたくしは、仕上げに唱える〝治療〟に、二文字だけ付け加えることにしました。

「〝上級治療《ハイ・ヒール》〟」

どうか、彼を癒やして下さい。

そう祈りを込めて唱えると、金と銀の混じった光の粒子がレイ様の背中に降り注ぎ、少しずつ傷が塞がっていきます。

そのうえレイ様の呼吸が穏やかなものになり、顔色も良くなってきました。

「早く、目覚めて下さいね。ハル様も同行していた魔術師の方も、心配しておりますから」

聞こえているわけはないと思いながらも、ほっとした気持ちでそう囁きかけます。

「セレナ、よく頑張ってくれたね」

息をついたわたくしをランスロットお兄様が労って下さり、肩の力も少し抜けました。

「ご令嬢、ありがとうございました。レイ様のお顔も穏やかで……恐らく、もう大丈夫だと思います」

涙ぐんだハル様もわたくしに頭を下げてお礼を言ってくれました。

良かったですわ、きっとできるはずと思いながらも、やはり不安でしたから。

貴賓室に穏やかな空気が流れた時、廊下からなにやら騒がしい声が聞こえてきました。

「――――――だ！　――――――だろう！」

「困り――――――！　でん……！」

怪我人が休んでいる貴賓室の前で、何事でしょうと皆の視線が扉に集まると、よく知ったおふたりの姿が現れました。

「怪我人はここだな!?　治療できる者を連れてきたぞ！」

「お待たせいたしました！　あたしが来たからには、もう大丈夫ですよ！　……って、あれ？」

勢い良く開かれた扉から入ってきたのは、リオネル殿下とミアさん、そのおふたりでした。

「で？　なぜおまえがあの部屋にいたんだ？」

「なぜと言われましても……。ランスロットお兄様にお願いして、ご一緒させて頂いたのです」

「まあ！　お忙しいランスロット様のお手を煩わせるなんて！」

ところ変わりまして、ここは王宮の応接室。

さすがに外国のお客様、しかも怪我人が寝ている部屋で騒ぐわけにはいかず、移動して参りました。

そしてリオネル殿下とミアさんが、うっとおしげな表情でわたくしの正面に座っているのです。

「それを言うなら、なぜリオネル殿下とそこの令嬢もあの部屋に？」

「おまえ達こそ招かれざる客だったと思うのだがな」

この部屋には、リオネル殿下とミアさん、ランスロットお兄様、リュカとわたくしの他に、フェリクス様とレオ様もいらっしゃいます。

なぜかといえば、リオネル殿下とミアさんが貴賓室に飛び込んできたすぐ後、賓客の前で揉めるわけにはいかないと、おふたりが止めに入ってきて下さったからです。

「いるんだよねぇ。自分の立場を分かっていない人。ところでブランシャール男爵令嬢？　僕は君に名前を呼ぶ許可を与えてはいないのだけれど？」

……そして先ほどからランスロットお兄様の顔が大変恐いですわ。

笑顔なのに恐い、これ如何に。

「っていうか、どうしてあたしが魔法を使う前にあの使者は治ってるんですか？」

「そうだ！　せっかくミアが治療魔法で皆に実力を見せつけ……いや、苦しんでいる者を救おうとわざわざ登城したのに！」

フェリクス殿下とレオ様を無視した挙げ句、お兄様のお怒りもさらりと流しましたわ。

普段温厚なランスロットお兄様ですが、このタイプは怒らせると恐いのですが……。

「ちっ、自分本位なクズどもが……」

そんなミアさんとリオネル殿下の言葉に、リュカがぼそりと何事か呟きましたが、わたくしには明瞭に聞こえませんでした。

舌打ちは聞こえましたけれど。

ですがその表情から、良くないこと……悪口かもしれません、を言ったのだろうという予想はできました。

でも、ちょっと待って下さい……？

おふたりの発言から、わたくしはあることに気付き、はっと顔を強張らせました。

「おい、どうした？　あいつらの言葉にいちいち傷付くことはないぞ？」

やんややんやと盛り上がるリオネル殿下とミアさんに聞こえないように、隣のソファから身を乗り出したレオ様が、わたくしにそっと囁きかけてきました。

「違うのです、わたくし……」

とんでもないことをしてしまったと震えるわたくしを見て、レオ様が狼狽《うろた》えます。

そして逆隣に座っていたランスロットお兄様が、わたくしの肩をぐいっと引き寄せました。

「────第二王子殿下、大変申し訳ありませんが、僕達は疲れているのです。特に用がないのなら、ご退室頂けますか？」

すごみのある声でリオネル殿下とミアさんに告げれば、さすがのおふたりもたじろぎました。

「ま、まあおまえ達の顔を見て茶を飲んでも楽しくはないからな。ミア、別室で茶会をやり直そう」

「わ、分かりました。リオネル殿下、行きましょう」

そそくさと退室するふたりを、わたくし以外の皆様は白い眼で送り出しました。

わたくしはといえば、衝撃の事実に気付き、それどころではありません。

「セレナ嬢、本当に大丈夫なのか？　震えているぞ」

お兄様に肩を抱かれてもなお震えるわたくしに、レオ様が心配してそうお声がけ下さいました。

「あのふたりのことは気にしない方が良いよ」

フェリクス殿下も控え目ながらもわたくしを気遣ってくれます。

ああ、でも駄目です、このおふたりにはお話しできません。

「お気を遣わせてしまい申し訳ありません、レオ様、フェリクス殿下。少し疲れてしまっただけで……。その、お兄様にも相談に乗ってもらいますので、大丈夫です」

ショックのあまり声まで震えてしまい、レオ様が痛々しげな顔をされました。

けれど今はこう言うのが精一杯です。

「……分かった」

わたくしの意思を汲み取って下さったのか、レオ様はそう言ってフェリクス殿下と共に立ち上がりました。

「僕達は先に失礼するよ。セレナ嬢、兄上とゆっくり話して、落ち着いたら帰ると良い」

「ありがとうございます、フェリクス殿下。申し訳ありません」

追い出すような形になってしまったことを謝りつつも、感謝してお見送りします。

パタンと静かに閉じられた扉。

部屋に残ったのは、ランスロットお兄様とリュカとわたくし、三人だけ。

「お、お兄様、リュカ！　大変ですの～!!」

一気に肩の力を抜き、お兄様にがばりと縋りつきます。

「ど、どうしたんだいセレナ」

「なんか嫌な予感しかしないんですけど」

段々この展開に慣れてきたリュカの態度には釈然としないものがありますが、今はそれどころではありません。

「わたくし、ヒロインの活躍の場を奪い、そのうえ婚約破棄に通じる機会を逃してしまったんですの!!」

「……うん？」

「あーこうなるって分かってました、うん」

どういうことなのかと戸惑うお兄様と、心配して損したと鼻で笑うリュカに向かって、わたくしは切々と事情を話したのです。

つまりはこういうことです。

先ほどの様子から、ミアさんはどうやら治療魔法がお得意なのでしょう。

そして使者のひとりが重篤な状況で緊急到着したとの話を聞いたリオネル殿下がミアさんを呼び、治療しようと飛び込んできたのがつい先ほど、と。

「わ、わたくし、せっかくミアさんが王宮の皆様に認められる機会を奪ってしまったのですわ……。ミアさんが王子妃に相応《ふさわ》しいと認められないと、わたくしが極悪令嬢となっても婚約破棄してもらえないかもしれませんのに！」

「落ち着いてお嬢、いつの間にか悪役から極悪になってます。どんだけ悪さするつもりですか」

リュカの小憎たらしい発言も、今日ばかりは耳を素通りですわ！

「お兄様、どうしましょう!?　……お兄様？」

涙目でランスロットお兄様を見ると、なぜかお兄様はぷるぷると肩を震わせております。

「ご、ごめん。ちょっと想像の斜め上すぎて……。うん、そうだね、ちょっとブランシャール男爵令嬢は一足遅かったたね」

リオネル殿下とミアさんがいらっしゃった時は恐ろしいほどの冷気を漂わせていたお兄様で

すが、すっかり柔らかい雰囲気に戻っています。

そしてちょっと笑っていらっしゃいます？

「お兄様……わたくし、真剣に悩んでいるのですが」

「いや、君が本気だということは分かっているよ。ただ、ちょっと心配していたよりも強いんだなぁって、嬉しくなって」

？？？

お兄様の言いたいことがよく分かりません。

ですがまあ、優しいお兄様に戻ってとりあえずはほっとしました。

「ええと、ブランシャール男爵令嬢の活躍の邪魔をしてしまったという話だったね。うん、でもたとえ彼女が来るのを待ったとして、彼女にあの使者を治せたという保証はあるかな？」

「それは……」

わたくしはミアさんがヒロインだからという理由で治せたかもしれないと思いましたが、それは確実な理由ではありません。

「彼女に、王宮から派遣された医師と魔術師、そしてあのハルという使者を説得できただろうか？」

明確な理論を説明し、専門家に賛同を受け、ハル様の同意を得る。

わたくしはそういった方法を取りましたが、ミアさんにもなにか考えがあったでしょうか。

「まあリオネル殿下が権力を振りかざし、誰が反対しようと無理矢理ブランシャール男爵令嬢に魔法を使わせた、というところだろうね。そしてもしも、彼女が失敗していたら？」

「失敗、していたら……」

まず、レイ様が助かる可能性は低いでしょう。

あの傷はもうずいぶんひどく、体力も限界に近かった。

そしてハル様は悲しみ、怒ったでしょう。

それはそのまま、キサラギ皇国との関係悪化に繋がるわけで。

そして、リオネル殿下とミアさんも……。

「いいかい？　僕が君の背を押したのは、成功するはずだと確信したからだ。君の理論も、魔法技術も、疑う余地がなかった。あのまま王宮の魔術師が〝治療《ヒール》〟を使ったとしても、助からないだろうと判断したんだ」

ぽろりと、わたくしの頬《ほほ》を涙がつたいます。

「君がしたことは間違っていなかった。君でなければ、助けられなかった。少なくとも僕はそう思っている」

「お兄様……」

涙の滲む目を、お兄様の胸に押し付けます。

「わたくし、最低です……。自分のことばかりで、ちゃんと物事の本質を見ていませんでした。ヒロインだとか、悪役令嬢だとか、そんなことばかり言って……」

ミアさんにも、レイ様を助けられたかもしれません。

けれど、助けられなかったかもしれないのです。

また、手遅れとなった可能性だってあります。

「なにを言ってるんだ。君は、自分のできることを考え、最大限できることをやってくれた。彼を治療している時、悪役令嬢だとかヒロインだとか、そんなことは一切考えずに治そうとすることに専念していただろう？」

それは、確かに。

お兄様の胸の中でこくりと頷けば、大きな手のひらがわたくしの頭を優しく撫でました。

「誇りに思うよ、セレナ。僕達今の家族はもちろん、きっと前世の君の母上もそう思っているはずだ」

「そうですよ、お嬢はちゃんとやれることをやった。胸張ってれば良いんです」

お兄様とリュカの優しい声に、わたくしは我慢することができず、お兄様の服を汚すことも厭《いと》わずに大泣きしてしまったのでした――。

ぱたんと応接室の扉を閉め、レオとフェリクスは無言で廊下を歩いていた。

俯いたまま歩くレオに、やれやれとフェリクスが口を開く。

「何度目か分からないけど、もう一度言おうか？」

「いや、いい」

レオはそう答えると、ぐっと顔を上げて迷いなくある方向へと歩みを進めた。

向かわんとしている場所に見当がついたフェリクスは、にやりと口元を緩《ゆる》ませた。

「やっと決心がついたのかい？　手遅れにならないと良いね」

「挽回する」

この男のことだ、一度覚悟を決めてしまえば後はなんとしてでもやり遂《と》げるだろう。

気になることはあるものの、自分はこの男につくと決めている。

「頑張ってほしいものだね。我がセザンヌ王国のためにも」

セザンヌ王国の王子としても、レオの友人としても、そう願っている。

心の中でそう呟きながら、フェリクスはレオのうしろを静かについて歩くのだった。

◆◆◆

「全く、あの医師と魔術師はせっかちだな！　せっかくミアが得意の治療魔法で治してやろうとしたのに！　もう少し待っていれば良かったものを！」

セレナ達が使用している部屋とは別の応接室。

さすがに婚約者のいる身でミアを自室に招き入れるのは体裁《ていさい》が悪いからと、リオネルはこの部屋でお茶を飲むことにした。

侍女に早急にお茶と菓子を用意するよう命令し、どかりとソファに座る。

それにしても忌々《いまいま》しい女だとリオネルは顔を顰めた。

急に雰囲気が変わったかと思えば、次々と能力の高さを見せつける。

様変わりした容姿については見惚れないこともなかったが、婚約者である自分よりも有能であるとひけらかしているのは気に食わない。

いや、別にあの女が有能だと認めたわけではないがと、リオネルは誰にでもなく心の中で言い訳をする。

そんなリオネルの苛立《いらだ》つ様子を見ながら、ミアは黙って考え込んでいた。

（また、まただ。イベントがちゃんと起きない。どうして？）

ミアはセレナと同じ、二十一世紀の地球からの転生者だ。

そしてここは、ミアが前世で大好きだった乙女ゲームの世界、しかも自分はヒロイン。

それを知った時、ミアは大喜びした。

ミアの前世は、ちっとも楽しい人生じゃなかった。

そんなミアの心を慰めてくれたのは、唯一日本の乙女ゲームだった。

その中でも特に大ハマりした乙女ゲーム、その世界に生まれ変われただなんて、夢のようだった。

そして一番の推しだったリオネルを攻略対象に選んだのは、当然のことだった。

彼のルートは何周もした。

どう動けば良いかなんて、ちゃんと覚えていた。

もちろんゲームと同じようにイベントは起きたし、ちゃんと好感度も上げてリオネルと恋人同士になれた。

あとは、悪役令嬢との婚約破棄を待つだけ、そう思っていた。

それなのに、ここ数か月、なぜだかちっともゲーム通りに進まない。

その原因は、きっと悪役令嬢――セレナだ。

とは言うが、彼女に助けられたことも、勇気をもらったこともあり、ミアはセレナに感謝すらしていた。

けれど、リオネルは……彼だけは、譲れない。

たったひとつの、この世界での心の拠り所。

前世の推しだからという理由以上に、ミアはリオネルのことを好きになっていた。

「は？　あの使者を助けたのは、セレナだというのか？」

深い思考に沈んでいたミアの耳に入ってきたのは、そんなリオネルの声だった。

「は、はい。詳しくは分かりませんが、その場にいた医師と魔術師が興奮して両陛下に報告していたので、間違いないかと……」

侍女の言葉に、ミアはだん！　と机を叩いて立ち上がった。

「やっぱり、転生者だったんだわ……。だから、狂ってしまったのよ！」

そんなわけがないと、一度はその可能性を捨てた。

けれどそれが真実だったのだと、ミアはこの時気付いたのだった。

第2章　おもてなしは日本人の心です

王宮での治療を行った次の日、わたくしは再度呼び出しを受けていました。

しかも今日は学園をお休みして、朝から王宮です。

「うう……泣きすぎて目が腫れてしまいましたわ……。こんな顔で登城して良いものでしょうか」

「大丈夫だセレナ！　今日もおまえは世界一かわいい！」

朝から兄馬鹿ぶりを発揮するエリオットお兄様に苦笑を漏らしつつ、目の上を冷たいタオルで冷やします。

氷魔法の上位置換、氷魔法の得意なランスロットお兄様が、ぬるくならないタオルを作って下さったのです。

昨夜、わたくしとランスロットお兄様は王宮での出来事を家族の皆にお話ししました。

はらはらしながら聞いて下さっていた皆も最後には、良かった、セレナを誇りに思うと温かい言葉を下さいました。

そしてそれがわたくしの涙腺を崩壊させたことは、言うまでもありません。

「しかし今日も朝から呼び出されたのか？　昨日の今日で……。体調が悪いなら、断っても良いんだぞ？」

「目が腫れぼったいだけで、体は元気ですもの。それにレイ様の容体も知りたいですし、ちゃんと行きますわ」

エリオットお兄様の過保護は相変わらずですね。

思えば前世を思い出して早数か月、時の流れとはあっという間です。

昨日、思い切り泣いたら吹っ切れました。

もう、ヒーローとかヒロインとか、悪役令嬢とかを気にするのではなく、自分のやりたいようにやろうと。

もちろんミアさんのことは、これからも応援したいと思っています。

そしてリオネル殿下との婚約破棄を望んでいることも変わりません。

ですが、無理に悪役令嬢を演じることは止めました。

わたくしは、自分で正しいと思うことを心のままに行い、この人生を懸命に生きて、自分で幸せを見つけようと決心したのです。

「ランスロットもいるから大丈夫だとは思うが……無理はするなよ。くそ、俺も騎士じゃなかったら一緒に行けたのに……！」

「ふふ。お気持ちだけ頂きますわ。ありがとうございます、お兄様」

なおもわたくしを心配してくれるエリオットお兄様の気持ちがとても嬉しくて。

この家族に生まれ変わって良かったなと、改めて心からそう思ったのです。


朝早くに登城したお父様やランスロットお兄様から遅れ、わたくしも身だしなみを整えてリュカと共に王宮にやって参りました。

まずは両陛下に挨拶に行くべく、案内役の方についてもらいながら昨日と同じ会議室に向かいます。

目の腫れもずいぶん落ち着きましたし、これならそうそう気付かれることもないでしょう。

ランスロットお兄様のタオルのおかげですねと思いながら廊下を歩いていると、前方からレオ様が歩いてきました。

レオ様も朝から呼ばれたのでしょうか？

ああそうですわ、昨日あのように別れてしまったことを謝らなくては。

「おはようございます、レオ様。あの、昨日は大変申し訳ありませんでした」

「おはよう。いや、気にしなくて良い。セレナ嬢も昨日は大変だったな。……おい、その目。泣いたのか？」

近寄って挨拶をしたとたん、なぜかバレてしまいましたわ。

「隠すな。……それほどひどくはないか」

反射的にばっと手で隠そうとしたのですが、その手を優しく解かれ、覗《のぞ》き込まれてしまいました。

ち、ちちちち近いですわ！！！

しかもほら！

リュカも案内役の方も見ていますわー!!

「だ、大丈夫です。もうなんともありませんから！　ですから、もう少し、離れて下さいませ……！」

「！　……すまない」

真っ赤になった顔で必死に伝えれば、レオ様はバツが悪そうに一歩下がって下さいました。

し、心臓に悪いですわ……！

どくどくと鳴る心臓を押さえながら平静を保とうとしていると、レオ様が眉を下げながら口を開きました。

「……昨日は、使者を治すために尽力してくれたのに、辛い思いをさせてすまなかった。それとあの使者だが、昨晩一度目を覚まし、痛みも違和感もないと言っていた。今朝も体を起こして柔らかいパンとスープも食べたらしいし、体力もそのうち戻るだろう」

「まあ！　良かったですわ」

なぜレオ様が謝るのでしょうと思いつつ、レイ様が無事に目覚めて、しかも食事をとれる程度には元気にしていると聞くことができてほっといたしました。

あ、そういえば昨日お粥の作り方を教えるのを放り出したまま帰ってしまいましたわ。

後でランスロットお兄様から料理人に、時間が取れないか聞いてもらいましょう。せっかくですから使者の皆様にお粥を召し上がってほしいですし。魔術師の方も魔力を使いすぎて疲弊しているとおっしゃっていましたし、食べられそうでしょうか？

「他人のことなのに、そんなに嬉しそうな顔をするんだな。それに他にもなにか考えているようだが？」

「それはそうですわ。専門ではないわたくしが治療して、ちゃんと元気になったのか不安でもありましたから。色々というか、お粥のことを忘れていたなと思いまして。レイ様が召し上がれそうなら、お持ちしたいと思いましたの」

そうですわ、料理人の方に作って頂かなくても、自分で作れば良いのですもの。

陛下への挨拶の後、厨房をお借りできないか聞いてみましょう。

「……そうか。色々と考えてくれて、助かる。ありがとう」

昨日今日と硬い表情の多かったレオ様ですが、この時だけはわずかではありますが柔らかく微笑んでくれました。

それにほっとして笑みを返したところで、陛下への挨拶に向かっていたことを思い出しました。見れば、案内役の方も困っているような仕草をしています。

「長々とお時間を取らせて申し訳ありません。では、わたくしはこれで……」

「ああ、俺こそ悪かった。今日もよろしく頼む」

わたくしが話を切り上げようとすると、レオ様はそう言って颯爽《さっそう》と歩いていってしまいました。

どうしたのでしょう？

なんだか吹っ切れた感じがして見えます。

それに、今日は言葉の端々がなんだか……。

「あのう……リュミエール公爵令嬢？」

「お嬢、さすがにこれ以上遅くなったらマズいですよ？」

「はっ！　も、申し訳ありません！　はい、参りましょう！」

今度こそお願いします～と涙目の案内役に謝り、にやにやするリュカをひと睨みしながら、もう道草はしませんわと心に誓って会議室へと向かったのです。


「昨日の今日で朝から呼び出してすまないな」

「よく来て下さいました。昨日は愚息が迷惑をかけて、ごめんなさいね。そうそう、リュミエール公爵令嬢のおかげで、レイという使者はすっかり回復したそうよ。同行者の魔術師もずいぶん良くなったみたい」

少し遅れてしまったことなど歯牙《しが》にもかけず、陛下と王妃様はわたくしを優しく迎えて下さいました。

それどころか、昨日のリオネル殿下のことを謝ってまでくれました。

「僕も様子を見にいったんだけれど、ちゃんと起きていたし、立って挨拶もしてくれた。かなり体調は良さそうだよ」

ランスロットお兄様も同席して下さり、レイ様の様子を聞かせてくれました。

たった一晩経っただけですが、使者の皆様は本当に健やかでいらっしゃるようですね。

レオ様から聞いてはいましたが、こうして皆様から良い話を聞くと安心します。

「それで、歓迎の宴のことだが」

陛下が言うには、どうやら使者達は体調が良くなったならば、できるだけ早く出立したいと思っているようです。

ただ、レイ様の体調を考えて、二、三日だけ滞在させてもらいたいのだとか。

キサラギ皇国までまだかなり距離がありますし、食料なども確保したいでしょうからね。

備えあれば憂《うれ》いなし、旅支度は万全でないといけませんもの。

話は逸れましたが、そういうわけで明日の夜にでも宴を開きたいそうなのです。

「準備の時間が少なくて申し訳ないのだけれど……踊ってもらえるかしら？」

「はい、精一杯努めさせて頂きますわ」

日本舞踊は大切な前世の思い出です、毎日のように自室でひとりでお稽古《けいこ》していましたから、大丈夫だと思います。

「ただ、音楽をどうしましょうと思っておりまして……。わたくしが舞いながら唄っても良いのですが」

お兄様方に見せた時のように、口ずさみながらでもできないことはありません。

ただ、疲れることは疲れますし、息が上がると唄が疎《おろそ》かになってしまうのですよね……。

「ああ、それなら心配いらないよ。使者のひとり、魔術師の女性に依頼したから」

「……はい？」

お兄様の予想外の言葉に、思わず両陛下の前でぽかんとしてしまいました。

依頼？

魔術師の女性に？

「唄が得意らしくてね、快く引き受けてくれたよ。恩人のためならって。後で唄を教えてほしいそうだ」

なるほど、そういうわけですか。

キサラギ皇国の方とお話をしてみたいと思っていましたし、丁度良い機会なのかもしれません。

「そうと決まれば、早い方が良いだろう。とりあえず、まずは使者達に挨拶に行くと良い。彼らもリュミエール公爵令嬢に会いたがっていたからな」

陛下のお許しが出て、早々にわたくしは退室することができました。

さすがに緊張いたしますもの、ありがたいですわ。

「では、そうさせて頂きます。あと、お兄様……」

ついでとばかりに厨房をお借りできないかと相談します。

お兄様も両陛下もそれは良い！　と喜んで厨房へ許可を取ってくれました。

ついでに、作り方を見ていたらどうかと昨日の料理人のお兄さんにも声をかけてくれるそうです。

これで昨日の心残りがなくなってすっきりしましたわ。

では美味しいお粥を作れるよう、頑張りましょう。

「それでは御前失礼いたしますわ」

「あ、ちょっと待って」

スカートの裾《すそ》をつまんでご挨拶すると、王妃様に呼び止められました。

どうしたのでしょうかと顔を上げれば、王妃様は穏やかな微笑みを浮かべていました。

「ありがとう。あなたのおかげだわ」

「？　使者の方の治療のことですか？　あれは医師や魔術師の方も協力して下さり、たまたま上手くいっただけで……」

「いいえ。それもだけれど、それだけじゃないの」

王妃様の言葉の意味が分からず首を傾《かし》げますが、王妃様はくすくすと笑うだけでそれ以上はなにも教えてくれませんでした。

「呼び止めてごめんなさい。今日もよろしくね」

「？　はい。失礼いたします」

最後までその笑顔とお礼の意味が良く分かりませんでしたが、まあ悪いことではなさそうですし、良しといたしましょう。

今度こそ会議室の扉を閉め、とりあえず先にレイ様の様子を見に貴賓室へと向かいます。

調子が良さそうだとは聞きましたが、どの程度食べられそうか、またどんなものが好きかも聞きたいですからね。

先ほどと同じ方がそのまま案内をして下さり、迷子になることなくたどり着けましたわ。

王宮は広いので、初めての部屋は一度で覚えられる気がいたしませんもの……。

さて、起きていらっしゃいますでしょうかと案内役が扉をノックするのを眺めていると、すぐに入室許可の声が返ってきました。

扉を開いてもらうと、そこにはキサラギ皇国の使者、三人が揃っておられました。

「おお、ご令嬢！　昨日はどうもありがとうございました」

まず声をかけて下さったのは、ハル様です。

表情が明るく、恐らく昨日のことでわたくしに多少は好感を持って下さったのでしょう、笑顔で迎えて下さいました。

「皆様回復されたと伺いました。良かったですね」

こちらも笑顔を返し、そのハル様のお隣に立つ長身の男性、レイ様を見ます。

ハル様と同じく褐色の肌に、スラリとした長身。

黒混じりの紫の髪、水浅葱《あさぎ》色の瞳はとても澄んで綺麗なのですが、こちらを警戒しているのか、鋭い眼つきをしています。

「申し遅れました、ルクレール王国リュミエール公爵家長女、セレナと申します。この度は大変でございました」

礼儀正しく挨拶をすれば、ぴくりとわずかに表情を動かされました。

「き、きっれーい!!」

とそこに、甲高い声が響きます。

「超・美人！　しかもなにそのスタイル！　腰、ほっそ！」

これまた褐色のかわいらしい容姿の小柄な女性、きっと最後のひとりの魔術師さんですわね。

ふわふわの赤髪は鮮やかで、黒い瞳をきらきらとさせてわたくしを見つめています。

昨日は魔力を使いすぎて疲弊していたというお話でしたが、すっかり元気なようですね。

わたくしがほっとしていると、レイ様とハル様が眉根を寄せてため息をつきました。

「あ、名乗りもせずに失礼しました。私、アンリと申します。この度はレイ……様を助けて下さって、本当にありがとうございます」

その視線に気付いたのか、アンリ様と名乗った女性は居住まいを正して挨拶をして下さいました。

背筋を伸ばして綺麗にお礼する姿を見るに、幼く見えますがひょっとしたらわたくしよりも年上かもしれません。

一見天真爛漫な雰囲気の方ですが、芯の通った優しいお姉さんという空気も感じられます。

「いえ、皆様の元気なお姿を見ることができて、ほっといたしました。それで、唐突ではありますが、お食事はもう普通に食べられそうですか？　それと、食べたいものや好きなものがあれば、教えて下さいませ」

ゆっくりお話ししたい気もしますが、料理人を待たせておりますし、そろそろ昼食の時間です。

まずはお食事の用意を先にさせて頂きましょう。

わたくしの問いに、ハル様とアンリ様はちらりとレイ様の方を見ました。

きっと重傷を負った彼を気遣って、彼の要望を先に聞こうと思ったのでしょう。

もしくは、一番身分が高いレイ様にお伺いを立てたのかもしれませんね。

さて、どうやら警戒心の強いお方のようですが、素直に教えて頂けるでしょうか？

しばらく考える素振りを見せた後、レイ様はおもむろに口を開きました。

「……温かく、食べやすいもの。それと、」

それと？

なぜかそこで切られてしまい、首を傾げます。

「……甘いものも、食べたい」

あらまあ、意外にも甘党でしたのね。

恥ずかしかったのでしょうか、顔を赤らめる様子が少しかわいらしくて、ほっこりしてしまいましたわ。

「甘いものは疲れがとれますからね。分かりました、用意して参りますので、しばらくお時間を下さいませ」

笑ってしまっては失礼かなと我慢し、そう伝えて厨房に向かおうとすると、えっ？　と三人に驚かれました。

「あのぅ……お嬢様が自らご用意しに行かれるんですか？　侍女に指示するのではなく？」

「？　ええ、わたくしが作りますので」

おずおずと聞いてくるアンリさんにそう答えると、さらにええええ!?　と声を上げられました。

ああ、そうですわね、まさか貴族令嬢がお料理なんてと思っているのでしょう。

「うふふ、心配しないで下さいませ。わたくしまあまあ料理は得意なんですの。病み上がりの方に豪華なものはご用意できませんが、胃に優しいもので精一杯おもてなしさせて頂きますわ」

呆気《あっけ》にとられたキサラギ皇国のお三方に、イタズラが成功したかのような気持ちになります。

「あ、そうですわ。皆様苦手なものはありますか？」

「いや、特には。他のふたりもなんでも食べる」

「まあ、好き嫌いがないなんて素晴らしいですね。では用意して参りますので、失礼いたします」

苦手なものが多いと、使う食材が限られてしまいますからね。レイ様の答えにほっとして、わたくしは笑顔で退室したのでした。

「あのキサラギ皇国の使者達ですから、素っ気ないのかと思いきや、意外と好意的でしたね。あのレイという方は警戒していましたが」

貴賓室では静かに側に控えていたリュカが、廊下を歩きながらぼそりと呟きました。

「恩義に厚い国だと聞きましたし、わたくし達に対しては丁寧に接してくれているのでしょうね」

「それだけ今回の件に感謝しているということですね。三人ともそうでしたけど、キサラギ皇国の国民は褐色の肌の者が多いんですかね？　この国では珍しいですけど」

日本に似た国だなと思いましたが、外見はそうではないようですね。

お三方とも髪の色も目の色もルクレール王国民とそう変わらずカラフルでしたし、顔立ちも日本人とはかなり違います。

「それにしても、お嬢が食事を作るって言った時、三人ともずいぶん驚いていましたね。まあ無理もないですけど」

「ふふ。でも、最近はわたくし以外のご令嬢もお菓子を作っておりますし、近い将来には令嬢教育のひとつになっているかもしれませんよ？」

なにしろ、前世で料理は花嫁修業のひとつでしたもの。

まあ現代では男も女も、父も母も同じように家事育児に参加する時代でしたから、そんなことを言っては時代遅れだと言われてしまうかもしれませんけれど。

「まあ確かに。お菓子をもらった男性達も満更ではないようでしたしね」

お菓子を作ることに嫌悪感を持たれなかったのならば、徐々に広まる可能性がありますね。

でも、料理だけじゃなくて……。

「個人的には、性別も貴賤《きせん》も問わず、教育は平等に行われるべきだと思いますし、趣味嗜好もその人の自由だと思っていますわ」

平民だからとか貴族なのにとか、そういう考えがなくなって。

いつか、この世界にもそういう自由な人生を送ることが普通になる日が来るかもしれません。それが正しい世界だなどと言うつもりはありませんが、やりたいことを諦めなくてはいけない人が、ひとりでも少ない世界だと良いなとは思います。

「……そういう考えが広まれば、貴族も平民も、価値観ってやつが変わるかもしれませんね」

わたくしの、この世界では突拍子《とっぴょうし》もない考えを、リュカはそう言って優しく受け入れてくれたのでした。

「さあ、では作りましょう」

「よろしくお願いいたします！」

厨房に着くと、なんとすでに昨日の米料理人のお兄さんが準備万端で待ち構えていました。しかもちゃんとほかほかのご飯まで炊いておいてくれています。

貴賓室を訪ねる前に、ランスロットお兄様を通じて伝えておいた材料も揃えてくれていたようで、彼の意欲の高さが良く分かりますわ。

使者の皆様の好みが分からなかったので、お粥に入れられそうな具や、合わせやすい食材をいくつかお願いしておいたのです。

苦手なものはないとおっしゃっていましたから、好きに作れそうですわね。

さて、お粥はともかく甘いものですか……。

意外だった答えを思い出し、材料を眺めていると、ひとつのものが目に留まりました。

「これは……」

「ああ、キサラギ皇国でよく食べられていると知られているものも集めてみたのです。米料理も、故郷の料理が恋しいだろうからって理由でお作りするんですよね？　それなら、食材もそれに合わせると良いかなと思いまして」

「素晴らしいお考えですわ！　ありがとうございます、お兄さんがいて下さって助かりました！」

「そ、そんな……。大袈裟《おおげさ》です……」

わたくしのお礼に、謙遜《けんそん》しながらもお兄さんはとても嬉しそうな表情をしました。

またか……とうしろでリュカが呟きましたが、今は構っている暇などありません。

これなら、レイ様達の旅の理由にも当てはめられます。

「豪華な食事を振る舞うだけが、おもてなしではございませんもの。相手の立場になり、どうすれば喜んで下さるか、どうやってそのお心をお慰めするかも、大切なことです」

元、ではありますが、日本人としてのもてなしの心を尽くして。

「お出しする料理は決まりました。お兄さん、それほど難しくはありませんので、わたくしのお手伝いをして頂けますか？　お兄さんなら、心を込めて一緒に作って頂けますよね」

「も、もちろんです！　なんでも言って下さい！」

頬を染めながらやる気に満ち溢れたお兄さんの答えに満足して、わたくしは力強く頷きます。

さて、長旅で皆様疲れているでしょうし、レイ様とアンリ様に至っては今朝まで倒れていたお体ですので、予定通り胃に優しいものを作ることにしましょう。

玉子粥に浅漬け、かぼちゃの煮物。

このあたりですわね。

それと、レイ様ご所望の甘いもの。

それではまず、浅漬けから。

浅漬けとはいえ、漬物はやはりある程度漬けた方が味が馴染みますので、レモンの蜂蜜漬けを作った時と同じように、〝時間促進《クイック》〟の魔法を使います。

きゅうりとなすが良いでしょうか。

みょうがや生姜、鷹の爪などの薬味があればさらに美味しいのですが……。

さすがにこの場にはありませんでしたし、一番胃に負担のない、塩と砂糖と酢で作る定番のものにしましょう。

「それで終わりですか？」

野菜を切って調味料で揉んだものを容器に入れていると、料理人のお兄さんが手元を覗いてきました。

「あ、ええ。本当は一日ほど置いておくと良いのですが。今から作るお粥にとても合うんですよ」

今日は魔法を使いますとは言えませんけれど。

某料理番組のように、前日から漬けたものがこちらです～とお出しできたら良かったのですが、あいにく昨日はわたくし自身、泣いて泣いて大変でしたので、そのようなことはやっておらず……。

準備不足で不甲斐《ふがい》ないですわ。

さらりと誤魔化《ごまか》して、お兄さんに切ってもらったかぼちゃを、醤油、酒、みりん、砂糖を混ぜて沸騰させた中に入れていきます。

不思議なことに、こういった調味料は普通にルクレール王国にもあるんですよね。

そして原産はキサラギ皇国ではありませんの。

けれど和食というものはこの国には存在しておりません。

まあキサラギ皇国も米料理が主流というだけで、煮物や漬物なんて文化はないかもしれませんし、わたくしが全く知らない料理が食べられている可能性だってありますが。

前世の記憶があるわたくしにしてみれば、なんとも不思議な世界です。

「あの、米料理はまだですか？」

「あ、申し訳ありません。もう一品だけ、待って頂けますか？　まあ、これもある意味では米料理なんですけど……」

さすが新しい米料理を教えてもらえると息巻いて来て下さった料理人さんです。

早く早くとウズウズしていらっしゃいます。

お兄さんに謝りつつ、手早く〝甘いもの〟を作っていきます。

キサラギ皇国であの風習があるかは不明ですが、まあその場合はそんな風習のある国があるそうですよ、とでも言っておきましょう。

わたくしがそんなことを考えながら形作っているのを、お兄さんがじっと見つめていました。

「先ほどから思っていましたが……貴族のお嬢様なのに、とても手際がよろしいですね。まさかここまでとは思いませんでした。それに、新しい料理の数々……勉強になります！」

あら、どこかで覚えのある展開……。

レイ様を助けた時の医師と魔術師の反応にそっくりですわ。

あの時と同じように、上手くいけば良いのですが……という気持ちで苦笑いを零します。

そうこうしているうちに、最後のひとつを丸めて完成です。

「さあ、ではいよいよ玉子粥を作ります。土鍋……はさすがにありませんよね。少し大きめの鍋を出して頂けますか？」

「はい！」

待ってました！　と言わんばかりにお兄さんが返事をしました。

本当にお待たせいたしましたわ、申し訳ありません。

心の中で謝り、食材の中から立派な昆布を取り出します。

やはり和食といったら出汁ですわ！

まず昆布を固く絞った布巾で軽く拭き、水に浸けます。

「このまましばらくおきます。三十分ほど置いておけばさらに濃い出汁がとれるのですが、今日は短めにして、薄味にいたしますね」

「ダシ？　濃い？」

出汁を知らないらしく、お兄さんは頭の上にハテナマークをたくさん乗せておりましたが、口で言うよりやってみて、実際に口にしてみた方が早いですわね。

後で出汁だけで味見をしてみましょう。

その間に玉子を割りほぐしておき、具になるきのこを小さめに切り、ねぎも小口切りにしておきます。

下ごしらえが整ったら、昆布の入った鍋に火をつけます。

そのまま様子を見て沸騰する直前に火を消せば、出汁の完成。

「これが出汁といいます。ひと口どうぞ」

わたくしが小さいお皿に入れた出汁を差し出すと、お兄さんは恐る恐る口に含みました。

すると、かっ！　と目を見開いたのです。

「ちょ、ちょちょちょちょちょちょっ、待って下さい！」

「美味しいですか？」

「いや、なにこれ……ウマっ!!」

あらまあ、慣れていない方には物足りないかもと思っていたのに、杞憂《きゆう》だったようですわね。

お兄さんの目がキラキラしております。

「良かったです。後は簡単ですわ。ご飯と、好きな具材を入れて煮込む。それだけですもの」

ただ玉子は半熟・完熟など好みがありますので、早めに入れるか食べる直前に入れるか、迷うところですわね。

それもお聞きすれば良かったですわと悩んでいると、リュカがそれなら……と提案してくれました。

「玉子は入れずに、向こうで入れたらどうです？　好みの固さになるまで魔法で温めれば良いんですよ」

「リュカ……あなた天才でしたのね⁉」

卓上コンロなどありませんよねぇ……と思っていたわたくしは大馬鹿者ですわ！

前世の記憶が強すぎて魔法という便利すぎる手法を忘れていたなんて‼

「料理に魔法を使うなんて、旅の時か騎士達の野営の時くらいですけど……」

「別にいーんじゃないですか？　面白そうですし」

「大丈夫だと思いますわ！　料理の仕上げをお客様の目の前で、というパフォーマンスがあるくらいですもの！　逆に喜んで頂けるかもしれませんよ⁉」

お兄さんの戸惑いなんてそっちのけで、わたくしはリュカの案に大賛成したのでした。

予熱のことを考え、煮込み上がる少し前に鍋を火から下ろし、ワゴンに乗せていきます。

浅漬けも良い感じにできていますね。

煮物も程良く煮汁を吸って、ほっくりと仕上がっています。

「どれも美味しそうな香りがしますね」

「ええ、使者の方々のお口に合うと良いのですが。……では、貴賓室までお運びしましょう」

準備ができると、お兄さんは運び役として侍女を呼んでくれました。

「鍋があるから少し重いのですが、よろしくお願いします。火傷などしないように、気を付けて下さいね」

「は、はい！　お任せ下さい！」

緊張しているのか少し顔が赤い侍女を気遣うと、リュカがまたか……とやれやれ顔をしました。

リュカは時々こんなことを言いますが、一体なんなのでしょうね。

聞いても教えてくれないので、もう諦めましたわ。

「では行って参ります。準備にお手伝いに、色々とありがとうございました」

「こちらこそ、貴重なお時間をありがとうございました。僕も新しいインスピレーションが湧きました！」

お兄さんにお礼を言って、ワゴンを引く侍女と共に貴賓室へと戻ります。

ああ、なんだか緊張して参りました。

この和食が、レイ様達の母国の味に近いと良いのですが……。

「失礼します。お料理をお持ちしました」

「お嬢様！　ありがとうございます！」

扉をノックして中に入ると、先ほどと同じように三人が揃っていて、アンリさんが元気に出迎えてくれました。

すでに三人でお食事ができるよう机がセットされており、わたくし達の姿を見て、お三方とも席に座って下さいました。

甘いものがほしいと先ほどかわいらしい表情を見せてくれたレイ様は、また仏頂面に戻ってしまっています。

それとは対照的に、ハル様とアンリ様はわくわく顔です。

それがまた気に入らないのか、レイ様が複雑そうな顔でおふたりを見ていますね。

「レイ様、そう不機嫌な顔をしないで下さいよ。お嬢様が困ってしまいますよ」

「警戒する気持ちは分かりますが、この方は必死になって我々を助けて下さったのですから、大丈夫だと思います」

「おまえら……」

わたくしの肩を持つようなアンリ様とハル様の発言に、レイ様がこめかみをぴくぴくとさせています。

「お仲間同士で揉め事はいけませんわ。レイ様が警戒されるのは仕方のないことですし、わたくしは気にいたしませんので、お気遣いなく」

そう言ってにこりと微笑んだのですが、レイ様にはぷいっとそっぽを向かれてしまいましたわ。

うーん、こんなことを言っては失礼かもしれませんが……。

「……それよりも、料理。作ってきてくれたのだろう？　冷めるともったいないからな、無駄口叩いてないで出してもらおう」

なかなか懐かないのに時々デレてくる猫ちゃんみたいでかわいらしいですわぁ……。

「……なんだ、その顔は」

ほっこりした気持ちで眺めていると、どうやら顔がにやけてしまったようです。

レイ様に嫌そうな顔をされてしまいました。

「も、申し訳ありません！　ええと、玉子粥を用意したのですが、皆様お好みの玉子の固さがあるかと思いまして、まだ投入前ですの。半熟、完熟、どちらがお好きですか？」

「「「玉子粥⁉」」」

顔を引き締めて玉子のお好みを聞くと、なぜかお三方とも驚き立ち上がられました。

「お、お嫌いでした……？」

まさかと思い顔を青くすると、まさか！　とすぐさま否定が返ってきました。

「いや、まさか粥が出てくるとは……」

「久しぶりの米……！」

「ご飯……！　とろとろの玉子とご飯は最強ですぅ」

目をキラキラさせるレイ様、鍋を凝視するハル様、目を潤ませてご飯ご飯と連呼するアンリ様。

……なんでしょう、まるでしばらく海外旅行に行っていた日本人が帰国して久しぶりの卵かけご飯を前にした時のような反応ですわ。

「あ、お好きなようで安心しましたわ。それで、玉子は……」

「「「半熟一択」」」

素晴らしい速度での返しですのに、息ピッタリですのね。

「あ、わ、分かりましたわ。では少々お待ちを」

意外な反応に戸惑いつつも、鍋に解きほぐしていた玉子をとろとろと投入し、蓋を閉めます。

そしてコンロ代わりの魔法。

〝とろ火〟と書き入れて魔法陣を完成させれば、しばらくすると鍋から湯気が上がり始めました。

その様子をじっと見つめる使者のお三方。

背中から感じる視線が非常に痛いですわ。

変な緊張を感じながら鍋を温める二、三分は、ものすごく長く感じました。

「……ああ、いい頃合いですわ。お待たせいたしました」

蓋をずらして中を覗けば、とろとろとした半熟の玉子が湯気の合間から見えます。

リュカが「熱いので机まで持ちます」と申し出てくれて、侍女と共に他の料理も机に並べていきました。

「さあ、ではお召し上がり下さい」

侍女が鍋の蓋を開けると、湯気と共にふわりとした出汁や醤油、玉子の優しい香りが広がります。

「……頂きます」

その香りを楽しむように一瞬目を閉じたレイ様が、徐ろに手を合わせてそう言うと、ハル様とアンリ様もそれに倣《なら》いました。

「頂きます」

「お嬢様、頂きます！」

侍女から玉子粥をよそったお椀を受け取ると、皆様それをひと口含み、もぐもぐと咀嚼し飲み込んだのですが……。

「「「…………」」」

無言。

なにゆえ。

「あ、あの、お口に合いませんでしたか？　大変申し訳……」

「「「美味い！　美味すぎる!!」」」

居た堪れなさすぎて思わず謝ろうとしたわたくしの言葉を遮ったのは、ものすごく力の入った〝美味い〟のひと言でした。

突然のお三方の声に、わたくしと侍女、リュカの三人はびっくりして肩を跳ねさせてしまいました。

「火の入り加減も、玉子の半熟具合も完璧だ……」

「この漬物とも良く合う」

「かぼちゃもほくほくですぅ」

もぐもぐと噛み締めながら、それぞれに称賛の言葉を口にしてあっという間に盛り付けた分を平らげてしまいました。

「あ、えっと、おかわりもよろしければ……」

「「「頂きます！」」」

さっと三つのお椀が差し出されました。

本当に仲が良さそうでなによりです……。


「はうぅ～とっても美味しかったです！」

「お口に合ったようで良かったですわ。たくさん召し上がって頂けて、わたくしも嬉しいです」

お三方はよほど米料理に飢えていたのか、ものすごい勢いで食べ続け、頂きますからわずか十五分ほどで、全て綺麗に平らげてしまいました。

しかし、アンリ様の満足気な表情からは心から美味しいと言って下さっているのが分かり、とても嬉しくなります。

にこにこと優しい笑顔にも癒やされますわ。

それにしても、レイ様ご所望の甘いものもご用意したのですが、この満足気なご様子からお腹が一杯になってしまわれたのでは……。

「それで？　俺の希望した甘いものもあるのだろう？　言っておくが、甘味は別腹だぞ」

心を読まれたようなレイ様からの催促がありました。

「それは良かったです。よく考えたらけっこう重いものを作ってしまったので……食べられる分だけどうぞ」

レイ様から別腹だという頼もしいお言葉を頂けたので、遠慮なくお出しできますわ。

侍女に目配せして出してもらったのは、そう、以前レオ様と家族に振る舞った、おはぎです。

「これは……」

それを見たとたん、お三方の目が見開かれました。

そしてしばらくぽかんと呆気にとられてしまったのです。

お粥も漬物も煮物もご存知でしたので、これもきっとと思ったのですが、もしかして全く未知のものだったのでしょうか？

だとしたら、見た目はちょっと泥の塊的なものに見えなくもありませんし……説明が必要になりますわよね。

「ご令嬢、なぜこれを我々に……」

先ほどまでにこにこでお粥を召し上がっていたハル様が、戸惑いの表情ですわ。

やはりご存知なかったのですわー!!

こ、ここは仕方ありません。

「ええと、本で読んだことがあるのです。丁度今頃の季節、祖先の墓参りに行く風習がある国があるということを」

実はこの世界も一年は十二か月で分かれておりまして、今は前世でいうところの九月の終わり。

そう、秋のお彼岸の頃なのです。

「そうして、このように米を潰したものを小豆を煮たもので包み丸めた甘味を、お供えしたり食べたりするのだとか。邪気を払う効果があるそうです」

――――わたくしも毎年、手作りしたぼたもちやおはぎを父上様の墓石に供えた後に、母上様と一緒に食べておりました。

もち米とあんこを合わせるこの菓子は、先祖と心を合わせるという意味もあるのだといいます。

父上様と母上様の心がいつも繋がっているのだと。

そして、幼い頃の記憶しかないわたくしとも、心を合わせてほしいと思いました。

「今もなおキサラギ皇国で愛されている、セザンヌ王国に嫁いでこられた媛君。あなた方は彼女のお墓参りにいらしたのですよね？　そんな皇国の皆様の、彼女を慕うお心に添いたいと思い、ご用意させて頂きました」

ただし中身はもち米ではなく、以前と同じ片栗粉を混ぜたご飯なのですが。

まあそれはどこにあるのか分からず、もち米が入手できないため、仕方のないことなのです。

「……頂こう」

わたくしの話を静かに聞いていて下さったレイ様が、目の前に置かれたおはぎに手を伸ばしました。

さすがに黒文字楊枝はございませんので、フォークで切り、ひと口。

ゆっくりと咀嚼し、味わうように飲み込まれます。

「……少し食感は違うが、美味い」

この言い方、どうやらおはぎはご存知のようです。

そしてさすがと言うべきか、もち米ではないことはお見通しのようですわ。

「そりゃもち米なんてこの国で急に用意できませんもの、仕方ないです」

そう言ってアンリ様もひと口。

「それは我儘《わがまま》というものですよレイ様。……うん、美味い」

それに続くハル様も大きなひと口を召し上がりました。

お三方ともご存知ということは、やはりおはぎはキサラギ皇国で知られているようです。

「んーっ！　キサラギ皇国外でこの完成度はすごいです！　お嬢様、レイ様の我儘にこんなに素晴らしく応えて下さって、ありがとうございました！」

レイ様はかなりのご身分の方でしょうに……アンリ様にかかってしまえば、甘いものを望むのも我儘なのですね。

あのレイ様がアンリ様に意見するどころか、たじたじです。

「べ、別に俺は……」

「レイ様、言い訳は男らしくありませんよ？」

ぴしゃりとしたお叱りに、レイ様はそれ以上なにも言えなくなってしまいました。

かわいらしいアンリ様がなんだかとても頼もしく見えますわ。

ちゃんとお礼を言いなさいとけしかけられたレイ様は、渋々《しぶしぶ》わたくしの前へとやって来ました。

「……礼の前に、どうしても気になるからひとつだけ先に言わせてもらう」

「まあ。わたくしに粗相があったなら、遠慮なく申して下さいませ」

またなにを……という目でアンリ様が睨んでおりますが、意を決したようにレイ様が口を開きます。

「そなたが作った玉子粥。あれは厳密にいえば粥ではない」

「まあ！」

「！　ちょ⁉」

アンリ様が口を出そうとされましたが、それを視線で止め、レイ様の言葉に耳を傾けます。

「本来粥とは生米を水の分量を多くして柔らかく炊くもので、味付けは出汁の他、塩や卵などシンプルなものだけだ。しかしそなたの料理は味付けこそシンプルだが、具材がいくつか入っている。それと恐らく炊いたご飯を出汁の中に入れたのではないか？　とすれば、これは雑炊に近い」

「まあ！　わたくし不勉強でしたわ……」

お鍋の後の残り汁や、味噌汁などスープ的なものでご飯を煮込んだものを雑炊と呼ぶのだと思っていました。

「うむ、だが一応炊いた米から作る、入れ粥というものもあってだな」

「入れ粥？　初めて聞きましたわ、とても勉強になります」

「あー、ちょっとおふたりとも、その辺でストップして下さい」

ふんふんと頷き前のめりでお話を聞いていると、急にハル様が横槍を入れてきました。

「レイ様、その細かいところを気にする癖、直した方が良いですよ？　粥だろうと雑炊だろうと、大体一緒でしょう？　そんなこと、キサラギ皇国民ですら気にしませんよ」

そしてアンリ様も呆れたようにそれに続きます。

「珍しく素直にお礼を言うのかと思えば、なにが『ひとつだけ言わせてもらう』ですか。そんなことよりももっと大事なことを言いなさいってのよ」

ふたりにお説教され、レイ様はぐうの音も出なくなってしまったのでした。

わたくしに対するリュカの態度もなかなかだと思っておりましたが、ここの主従？　の関係も面白いですわね。

ですがそれだけ心を許しているということでもあるのでしょうね。

「まあまあ。ハル様、アンリ様。知らなかったことを教えて頂いて、わたくしとても嬉しかったです。それはレイ様がわたくしに正しい知識を知ってほしいというお心でもありますし、そんなに怒らないで下さいませ」

「……お嬢様がそうおっしゃるのなら」

これくらいにしておきますとアンリ様がお小言を止めました。

おふたりに責められ、すっかり小さくなってしまったレイ様がちょっとかわいらしいなと思ってしまいましたわ。

その時、コンコンと扉をノックする音が聞こえました。

「俺も、別に文句を言いたかったわけじゃないぞ！　その、そなたの料理はどれも美味であったし、様々な気配りも素晴らしかった」

その音に気付かなかったレイ様が、声を張り上げてわたくしの前にもう一度立ちました。

「この命を助けられたことも、今日のもてなしも、とても感謝している。正直、そなたに対してある程度の警戒はしているが、その心がとても清廉なものであることは分かった」

そして、レイ様は両手でわたくしの手を取り、そのままご自分の額へと導きました。

「ありがとう。感謝している」

レイ様の真摯な言葉と声に、わたくしは魅入《みい》られてしまい、しばらくそのまま固まってしまいました。

「……いつまでそうしているおつもりですか？」

突然割り込んできた声に驚いて、ぱっと手を放し反射的に声のした方を見ると、そこにはレオ様が立っていらっしゃいました。

「妹は一応、一応ではありますが、婚約者のいる身の公爵令嬢ですのでね。賓客とはいえ、あまり気安く触れないで頂きたいですね」

そのお隣には、なんとランスロットお兄様まで。

どうやら先ほどのノック音は、おふたりが来た時のものだったようです。

……そしてなぜか、おふたりとも笑顔ではありますが、こめかみがぴくぴくと痙攣しています。

「……婚約者がいるのか？」

「え？　あ、はい。そうですね、一応」

レイ様の質問に、一応とつけて答えます。

婚約破棄しようと画策中ですとは、さすがに言えません。

「まあ、そりゃそうですよねぇ。これだけの美人で気立ても良くて、様々な才能もおありですもの。ひょっとして、お相手はそちらの背の高いお兄さんですか？」

アンリ様がレオ様をちらりと見ます。

な、なんてことをおっしゃるのですか！

わたくしに対する過剰評価もそうですが、婚約の相手がレオ様だなどとありえないお話ですし、彼にとっては迷惑でしかございません！

「……俺、いや、私ではありません」

丁寧に言い直してはおりますが、レオ様の表情は険しく、眉を顰《ひそ》めております。

わたくしの婚約者だと勘違いされたのがお嫌だったのでしょうか……？

ずきん。

迷惑でしかないと自分でも思っているのに、なぜか胸が痛みます。

「まあその話は置いておいて。どうやら妹の料理はお気に召して頂けたようですね」

痛みに胸を押さえるわたくしを庇うように、ランスロットお兄様が前に出ました。

「おや……米料理だけじゃなくて、あれも作っていたのかい？　確か、〝おはぎ〟といったかな？」

さすがお兄様、机に残っていたおはぎに気付いたようです。

そういえば以前わたくしが作ったものを食べて頂いた時に、なにか言いたそうにしていらっしゃいました。

「妹君が我が国の伝統菓子を知っていることに、驚きました。しかも、この季節の風習までご存知とは。もしや、兄君も？」

先ほどまで表情豊かだったレイ様が、お兄様を前に、すっと表情を変えました。

「……いや？　妹が博識なだけですよ。ああ、別に貴国にスパイを送っているわけではありませんから、ご安心下さいね。恐らくこの国でそんなことを知っているのは、妹だけです。……まあ、国外にいる者は除いて、ですが」

そこでなぜかお兄様はレオ様をちらりと見ました。

「……彼は？」

「セザンヌ王国からの留学生らしいですよ？」

なにやら含みを持たせた言い方のお兄様に、レイ様とレオ様が無言で見つめ合います。

な、なんでしょうこの空気……。

ピリピリとしていると言いますか、そう、まるで三つ巴のような。

「セレナ」

「はっ、はい!?」

突然名前を呼ばれ、びくりとしながら返事をすると、ランスロットお兄様がにっこりと微笑みました。

「お疲れ様。僕達これから大切な話があるんだけれど、少し長くなりそうだ。君は明日の宴の練習もあるだろうからね、部屋を用意したから、先に戻ると良いよ」

「あ、そういえば明日の舞では、アンリ様が唄い手を務めて下さるとか……」

さすがに一度も合わせず、出たとこ勝負になるのは避けたいですわ。

「うん、彼女には必要な話が終わったらセレナとの練習に向かってもらうから。先にそっちに向かって、しばらく休んでいて」

有無を言わせない様子のランスロットお兄様に、わたくしはただ頷くことしかできませんでした。

ですが、レイ様の体調が戻った今、責任者であるランスロットお兄様が外交上の話をしたいと思うのは当然のことで、そこに無関係なわたくしが同席するわけにはいきません。

「……分かりました。アンリ様、体調が戻ったばかりで申し訳ありませんが、後ほどよろしくお願いいたします」

「いいえ、こちらこそよろしくお願いしますね」

アンリ様の明るい返事に笑顔を返し、扉の方へと振り向きます。

その際、ちらりとレオ様の方を見たのですが、なお真っ直ぐにレイ様を見つめており、退室する素振りは見られません。

レオ様は、この場に残るのでしょうか？

お仕事の話でしょうに、フェリクス殿下ならまだしも、なぜ？

そんな疑問を残しつつも、わたくしはリュカを伴い廊下へと出ました。

「なんか、怪しい雰囲気でしたね」

「ええ。何事もないと良いのですけれど……」

うしろ髪を引かれる思いではありますが、部屋の前でこうしているわけにもいかず、廊下を歩き始めます。

不安な気持ちを残しつつ歩いていると、曲がり角を曲がったところで、よく知った方が待ち構えていました。

「待ってましたよ、セレナ様。……少し話したいんですけど、よろしいですか？」

今日はリオネル殿下と一緒ではなく、おひとりで。

「ミアさん？　え、ええ。分かりましたわ」

いつもとは少し違う、真剣で硬い表情。

ヒロインからの呼び出し。

これは、もしかして。

母上様、ここにきてわたくし、やはり悪役令嬢としての資質を求められているのでしょうか
……？

第3章

まさかヒロインと悪役令嬢が同郷だなんて⁉

ミアさんに廊下で呼び止められたわたくしとリュカは、すぐ側にあった屋内庭園へと移動しました。

ランスロットお兄様も話が長くなると言っておりましたし、アンリ様がいらっしゃるまで時間がかかるはず、少しくらいなら大丈夫でしょう。

「……そこの侍従は、できれば席を外してほしいんですけど」

「それは無理ですね。俺は護衛も兼ねていますので」

ミアさんからの要望を、リュカはばっさりと切り捨てました。

そんなにはっきりと言わなくても……と目で訴えましたが、リュカはこちらを見てもくれませんでした。

なんだか健気なヒロインに立ちはだかる悪役みたいでしてよ。

はっ！　わたくしが立派な悪役令嬢になれそうにないと心を挫《くじ》いたから、リュカが代わりに？

「なにぶつぶつ言ってるんですか。っていうか、そこはお嬢がヒロイン、俺がヒーローポジシヨンでしょうよ！　んで、そこの男爵令嬢が悪役。どう考えたってそうでしょ」

わたくしとしたことが、思っていたことがすっかり口に出てしまっていたようです。

「ですが傍から見たら、ひとりのか弱い令嬢をふたりで寄ってたかっていじめる現場のようではありませんこと？」

なにしろわたくし、長身ですしキツめの容姿をしておりますから……。

対してミアさんはというと、小動物のような可憐な容姿をしています。

侍従と共に、「わたくしの婚約者に気安く近付かないで下さいます!?」と脅している図に見えると思うのですが……。

「……否定はできません」

やはり。

「どうしましょう、リュカ。わたくしやはり悪役令嬢を諦めない方向でいった方が良いのでしょうか？」

「いや、だから向いてないって何回も言ってますよね？」

「ちょっとあんた達」

こそこそとわたくしとリュカが話していると、ヒロインとは思えないほどの底冷えのする声をミアさんが発しました。

「黙っていれば訳の分かんないことばっかり言って……。あたしを放ったらかしにして、イチャイチャしてんじゃないわよ！」

イチャイチャ？

　ぱちくりとリュカとふたり、目を丸くしてしまいます。

「あの、ミアさん。これはただリュカが侍従らしからぬ言動でわたくしを貶《けな》しているだけで、決してそういう意図はございませんのよ？」

「というか、いつもあの第二王子とイチャイチャしてるやつにだけは言われたくないんですけどね」

　確かに……！　とわたくしが衝撃を受けていると、目の前でミアさんがふるふると震え出しました。

「なによっ⁉　あたしとリオネルのこと、馬鹿にしないでよね‼」

　そう叫んだのを皮切りに、ミアさんはまくし立てるように思いの丈を吐き出し始めました。

「せっかくリオネルを攻略して、これからだって時に、あんたの人が変わって……それからよ、おかしくなっちゃったのは！」

　わなわなと身体を震わせ、その目には涙が滲んでいます。

「悪役令嬢なのに、無駄に綺麗だし、なんでもできるし、そのうえ性格まで良いなんて反則じゃない！　あんた、どうせあたしと同じ転生者なんでしょ⁉」

「てん、せいしゃ……？」

　ミアさんの叫びの中に思いもよらない言葉が出てきて、目を見開きます。

「お嬢、下がって」

それに警戒したリュカが、わたくしを庇って前に立ちました。

そんなわたくし達を睨み、なおもミアさんが口を開きます。

「ほら、やっぱり！　ここが乙女ゲームの世界だって知って、破滅フラグを折ろうとしてるんでしょ!?　けど、お生憎《あいにく》様。リオネルはあんたのことなんて、ちっとも好きじゃないから！」

「乙女ゲーム……。破滅フラグ……？」

そういえば以前に同じようなことを聞かれた覚えがあります。

あの時もなんのことか良く分かりませんでしたが、さらに新しい単語が増えてしまいました。

「なによ、いまさら知らないフリしても無駄なんだからね！　いくら善人ぶっても、あんたは悪役なの。悪役は悪役らしく、シナリオ通りざまぁされて退場しなさいよ！」

シナリオ？　ざまぁ？

分からないことが増える一方なのに戸惑いの表情を見せると、ミアさんはそのかわいらしい顔をぐしゃっとひどく歪めました。

「もう、止めてよ！　お願いだから、あたしからリオネルを奪わないで！　あたしを、これ以上惨めに、醜《みにく》くさせないで!!」

心からの叫び。

ミアさんはわたくしにそれをぶつけると、足元から崩れ落ちてわああ！　と泣き出してしまいました。

リュカも戸惑っているのでしょう、わたくしをミアさんに近付けまいとする背中が迷っているのが分かります。

そんなリュカの腕にそっと触れ、顔を見合わせました。

「ミアさんと、話をさせて下さい」

「ですが……」

「大丈夫です」

なおも迷うリュカににっこりと笑い、わたくしはその背中から離れました。

泣き崩れるミアさんに、一歩一歩静かに近付きます。

ミアさんが言っていたこと、正直半分以上は良く分かりませんでした。

知らない単語も多かったですし、感情に任せた叫びは支離滅裂《しりめつれつ》なところがあります。

けれど、これだけは分かりました。

彼女は、ミアさんは。

リオネル殿下のことを、心から愛している。

「顔を上げて下さい」

ミアさんの前に立ち、しゃがんで目線を合わせます。

努めて穏やかな声で。

怯《おび》える彼女を怖がらせないように。

そんなわたくしの意図を察したのか、ミアさんは恐る恐る自身の顔を覆っていた両手を放しました。

「ああ。そんなに目を擦って、手で押さえつけるから、真っ赤になってしまいましたわ」

さすがヒロイン、泣き顔も愛らしいです。

けれどわたくしは、リオネル殿下のために必死で頑張る表情や、喜んでもらえるだろうかと期待と不安に満ちた表情、ぷりぷりと怒った元気なお顔の方が、何倍も素敵だと思います。

「もう少し、きちんとお話ししましょう？　わたくし達、恐らくですけれど、お仲間なのですから」

涙に濡れた柔らかな手を握り、優しく微笑みかけます。

やっと出会えたんですもの。

わたくしと同じ、転生者。

そしてわたくしが憧れる、本当の恋を知った人。

ぐすぐすと涙のなかなか止まらないミアさんの背中を、そろそろと撫でてあやします。

こうしていると、頼りないというか少し幼さを感じますね。

「ここだと人目についてしまいますし、ランスロットお兄様が用意して下さったお部屋に行きましょうか。リュカ、温かいお茶を用意して下さる？」

「……分かりました。部屋に着いたら、そのあたりにいる侍女に頼んでティーセットを用意してもらいます」

ミアさんの様子を見て、リュカもため息をつき渋々ながらも了承してくれました。

「ミアさんも、よろしいですか？　わたくしに掴まって下さい」

すっかり大人しくなったミアさんも、こくりと頷きわたくしの手に引かれながら歩いてくれました。

途中、侍女や衛兵にぎょっとした顔をされましたが、特別止められるようなことはなく、リュカが頼んだティーセットも、戸惑いながらも用意しに行ってくれました。

そうして部屋に入り、ソファに向かい合うようにして座ります。

丁度その時ティーセットも届き、侍女にお礼を言ってリュカに淹《い》れてもらうことにしました。

どういう状況なのか気になる様子でしたが、侍女はそのまま退室してくれ、わたくし達三人だけになりました。

「まずはお茶を飲んで落ち着いて下さいませ。リュカは普段こんな感じですが、お茶を淹れるのはとても上手なんですよ」

「ひと言余計ではありませんか？　はぁ。まあ、とりあえずどうぞ」

リュカはわたくしの軽口に応えながら、先にミアさんの前にティーカップを置きました。

きちんとミアさんをお客様として扱ってくれているのに、こっそりと微笑みます。

ミアさんを警戒してはいるようですが、なんだかんだ言って泣いている女性に厳しくはできないですし、わたくしの意思を尊重して下さっているのですよね。

ミアさんはティーカップをじっと見つめた後、そっと手に取り、お茶を口に含みました。

「ほんと、美味しい……」

どことなく頬に赤みが差したことにほっとして、わたくしもお茶を頂きます。

「今日も美味しいわ。さすがリュカですわね」

わたくし達からの称賛に、そーですかとリュカは素っ気なく返しました。

場が和《なご》んだところで、わたくしはゆっくりと口を開きます。

「ミアさん、先ほどのお話ですが……」

「待って」

どのように切り出しましょうかと考えながら紡《つむ》いだ言葉を、ミアさんが遮りました。

「その前に、ひとつ聞かせて。……あなた、転生者なんでしょう？」

敬語が抜けて、令嬢らしからぬ雰囲気になったミアさん。

恐らく、こちらが彼女の〝素〟なのでしょう。

真っ直ぐにわたくしを見つめてくる瞳。

意を決したように尋《たず》ねてくる姿から、きっと本音で話し合いたいと思って下さっているはずです。

「……はい。確かにわたくしは、ここではない、別の世界で、別の人間だった記憶を持っております」

ですから、わたくしも。

誠実さをもって、答えなければいけませんね。

「と言いましても、それを思い出したのはつい数か月前の話ですわ。先ほどミアさんがおっしゃっていた、わたくしの〝人が変わった〟という、その時期だと思います」

「じゃあ、ここが乙女ゲーム〝時空《とき》を超えて～真実の記憶《メモリー》～〟の世界だってことも、知ってるの？」

「……ずいぶんと大仰《おおぎょう》な名前ですね。ええと、以前もそのようなことを聞かれましたが、乙女ゲームとやらにつきましては、わたくし良く分かりません。信じて頂けるかは分かりませんが、本当です」

そう……とひと息つくと、ミアさんは前世の自分のことをお話しして下さいました。

前世でミアさんは、エミリア・スミスという英国の女の子だったそうです。

享年十五歳。

十三歳で発症した難病を抱えており、病気になってからは一年の半分以上はベッドの上だったといいます。

そのため、学校にもほとんど通えなくなり、友達も減ってしまった。

そんな彼女を楽しませてくれたのは、本やアニメ、ゲームだったのです。

特に日本のものが好きで、部屋には英語訳されたものがズラリと並んでいたのだとか。

そして亡くなる前に夢中になっていたのが、これまた日本の作品の乙女ゲーム、〝時空を超えて～真実の記憶～〟、通称〝時空《とき》メモ〟でした。

乙女ゲームとは、物語のヒロインになって、攻略対象と呼ばれる数人の男性の中から好みの方を選び、疑似恋愛を楽しむものらしいです。

そんな素敵なゲームがあるなら、わたくしも嗜《たしな》んでみたかったですわ！　と少し興奮したのは秘密です。

前世のミアさん……エミリアさんは、本当にこのゲームが大好きで、何度も何度もプレイしていました。

その中でも、攻略対象のひとり、そう、リオネル殿下が彼女の〝推し〟だったそうです。

そうしてゲームを楽しみながら、日々弱っていく身体と闘っていたのですが、十五歳のある日、風邪を引いたことがきっかけで病状が悪化、還らぬ人となったのです。

それを思い出したのは、一年半ほど前、丁度学園に編入してきた時のことでした。

「……別に、前世に未練なんてないわ。友達もほとんどいなかったし、あたしが死んでも、悲しむ人は少なかったでしょ。唯一未練があるとしたら、日本で発売されていた〝時空《とき》メモ〟の続編を楽しみにしていたのに、その発売前に死んじゃったってことぐらいで」

なんでもないことのようにおっしゃっていますが、その目には寂しさが浮かんでいます。

どことなく前世のわたくしと重なる部分があって、胸が痛くなりました。

「だから、あたしはこの世界に転生して、大喜びした。必死になってリオネルにアプローチしたわ。少しずつ、彼も私に心を寄せてくれるようになって。嬉しかったし、幸せだった。それなのに……」

ミアさんはわたくしを見て、ぐっと続きを飲み込みました。

わたくしが、そのミアさんの幸せを脅かした。

そう、言いたかったのでしょう。

「最初は、ゲーム感覚だった。でも、今は違うの。ちゃんとリオネルの良いところも悪いところも分かっていて、彼が好き。悪役令嬢《あんた》のことも、そういう立ち位置のキャラだからって、なにも考えずに断罪しようとしてた。でも……それが正しいことじゃなかったって、今は思ってる」

俯きながらも、ミアさんはぽつぽつと今の考えを話してくれました。

別に友達なんかいらないと思っていたけれど、わたくしとクッキーを作ったことはとても楽しかったこと。

ゲームとは違う方向に話が進んでいて、ああここは現実なのだと思い知ったこと。

わたくしのことは嫌いではないけれど、それでもやはりリオネル殿下のことは譲れないし、諦められないこと。

「あんたからしたらこんなの我儘だってこと、分かってる。王宮が決めた婚約を、そうそう簡単に破棄することなんてできないってことも。だけど、それでも、あたしは……」

ぐっと膝の上の手を握りしめるミアさんの目には、涙が滲んでいました。

泣くまいと歯を食いしばっているのでしょうか、少し震えながら俯くミアさんに、わたくしは静かに語りかけました。

「……わたくし、羨ましかったのです」

意外な言葉だったのでしょう、ミアさんは顔を上げると、目を見開きました。

「わたくし前世では、恋愛というものにちっとも縁がなかったのです。けれど、父上様と母上様はとても仲睦《なかむつ》まじくて、憧れていました」

まあ、父上様は幼い頃に亡くなってしまったのですがと苦笑いすると、ミアさんの眉が少し下がりました。

「母上様から父上様の話を聞くたびに、幼いわたくしは、恋とはなんて素敵で、綺麗で、尊いものなのでしょうと思っていました」

けれどある日、母上様は目をキラキラさせるわたくしに向かって、呆れ顔で言ったのです。

『でもねぇ、良いことばかりではないのよ。彼を想うばかりに、自分が醜く思えてしまう時もあったもの』

自分が嫌いになりそうな時もあったわと、母上様は顔を歪めていました。

『でも、それでも良いと言ってくれたの。いつも飄々《ひょうひょう》としている私が、自分のことになると冷静じゃいられなくなってしまうのが、嬉しいんですって。今でも信じられないわ、全く』

そう言って笑う母上様の目の奥には、父上様を想う気持ちが溢れていました。

「綺麗事だけではない。泣き叫ぶことも、苦しむことも、みっともないこともある。それでも、相手を想う気持ちに嘘も偽りもないと胸を張れるのなら、その気持ちは本物なのでしょう」

諦めたくないと、みっともなく縋り付いたって良い。

相手を思い遣る気持ちが根底にあって、それを相手が受け入れてくれるのなら。

「そんな風に、誰かを愛し、愛されることができたミアさんが、わたくしは羨ましい。ああ、でも人様を陥れるようなことはいけませんよ？　人を不幸に導く行いは、いずれ自分にも返ってきますからね？」

好きなんだから仕方ないじゃない！　となんでも正当化して良いわけではありません。それはただの自分本位、我儘だと母上様もおっしゃっていました。

「……それって、なにげに以前のあたしの行いを咎《とが》めているわけ？」

「そうですわねぇ。けれど、今は違いますでしょう？」

ゲームではなく現実なのだと思い知り、これで良いのだろうかと迷うようになったミアさん。わたくしが以前のセレナだった時のミアさんの行いは、褒められるものではなかったかもしれません。

ですが、やり直す機会くらい、あったって良いじゃありませんか。

「とはいっても、被害に遭ったのはわたくしぐらいですもの。そのわたくしが許すのならば、良いのではないでしょうか？」

頬に手を添えて、こてんと首を傾げます。

「わたくしだって、自ら望んで悪役令嬢になろうとしたぐらいですし」

「は？」

わたくしの言葉に、ミアさんはぽかんと口を開けました。

「わたくし、ミアさんから奪い返そうとするほど、殿下のことを好いてはおりませんもの。むしろ、わたくしを虫のように扱う、ええと、すっとこどっこいなどと一緒になっても、先が知れるというものですわ」

せっかくですから、悪役令嬢らしく意地悪な言い方をしてみましょう。

「こんなに優秀で高貴なわたくしに目もくれないなんて、どこかおかしいのではなくて？　そんな男など、こちらから願い下げですわ」

ふいっと高慢ぶって顔を背けてみます。

あら？　今日はなかなか良い調子ですね。

「そんなリオネル殿下など、ミアさん、あなたに熨斗《のし》つけてお返ししますわ！」

決まりましたわ！　と得意げにミアさんを指差します。

無理をして悪役令嬢になるのは止めようと決めた矢先ではありますが、必要ならば今のように演じてみても良いのではないでしょうか。

「ふっ、ふふふっ」

一拍のち、目を丸くして聞いていたミアさんが、急に吹き出して笑い始めました。

「ふっ、も、おかし……。ノシ？　がなんだか良く分かんないけど、あんたが、殿下に興味がないのは良く分かったわ。あと、すっとこ？　なんとかってなによ」

突然のわたくしの告白に、ミアさんの不安はすっかり引っ込んでしまったようです。

代わりに目に滲んだのは、おかしさと、安堵《あんど》から来る涙。

「まあ、熨斗はご存知ありませんでしたのね。それは失礼致しました。〝願ったり叶ったりだ〟という意味ですのよ。それとすっとこどっこいとは、〝大馬鹿者〟ということですわ」

そういえば前世は英国の方でしたわね。

そんな言い回し、知らなくても当然です。

「ですから、一緒にわたくしと殿下が円満に婚約破棄できるよう、考えませんこと？　国は違えど、広い意味では前世は同郷。協力し合うのは、なんらおかしいことではありませんわ」

ぽすりと、ミアさんの隣に腰を掛けます。

こんな風に、もっと早く話をすれば良かったのかもしれませんわね。

「……ごめん」

「はい？　なんですか？　声が小さくて良く聞こえませんでした」

「だから！　ごめんなさいって言ってるの！　その、あたしの我儘でたくさんあんたには迷惑をかけたもの。ちゃんとそれが、自分にも返ってきたわ」

照れくさいのか、頬を染めて顔を背けようとするミアさんの、なんてかわいらしいことでしょう。

「ふふ、はい。謝罪はちゃんと受け取りましたわ」

十五歳で亡くなって、前世を思い出して一年半ですか。

今のミアさんはわたくしと同じ十八歳ですが、没前数年はほとんどベッドの上にいたと言いましたし、少し幼く感じたのも納得ですね。

けれどその分、素直さと潔さもある。

「同郷のよしみで、仲良くして下さいませ。ヒロインと悪役令嬢が仲良くなる話だって、あっても良いではありませんか」

「あたしと仲良くなりたいだなんて、あんたって本当に前向きね。……でも、悪くないわ」

やっとこちらを向いてくれたミアさんの表情は、不本意そうだけれど、どこか嬉しそうでもありました。

うふふと微笑む私に、釈然としない複雑な顔をしましたが、それがまた愛らしく見えます。

「……正直、俺は納得いかないこともありますけどね。でも、お嬢がそれで良いなら、俺がとやかく言うことじゃないですから。この先の、ブランシャール男爵令嬢の振る舞いをよぉく見させて頂きますよ」

最後にはリュカも、そう言ってお茶のおかわりをカップに注いでくれました。

そうしてこの日、わたくしには新しいお友達が増えたのです。

「ところでミアさん、その〝時空《とき》メモ〟？　というゲームでは、わたくしがどのような扱いになってミアさんとリオネル殿下が結ばれますの？」

温かいお茶をゆったりと頂きながら、不意に気になったことをミアさんに尋ねます。

「ああ、婚約破棄イベントのこと？　えっと、確か――――」

ゲームの内容を思い出しながら、ミアさんがそのシナリオを教えてくれました。

「――――それ、採用いたしましょう！」

「「はい!?」」

わたくしの決定に、ミアさんとリュカが声を上げました。

「目指せ婚約破棄イベントですわ！　ヒロインも無事にお仲間になったことですし、わたくし

もう一度悪役令嬢に挑戦してみますわ！」

「はあ……こうなったらもうなに言っても無駄だな。坊っちゃんに怒られるのは、俺か……？」

「ちょ、あんた、話聞いてたの⁉　平民落ちしちゃうのよ⁉」

平民？　望むところですわ！

あ、でも。

朱の混じった、黒髪の彼の姿が脳裏を横切って、一瞬だけ心が揺れました。

もう、会えなくなる？

ああでも彼は、国外からの留学生です。

いずれ、自分の国に帰るお方。

溢れそうになる想いを無理矢理自分の中に押し込めて、顔を上げて、笑います。

「監督兼悪役令嬢を、わたくし立派に務め上げてみせますわ！　ふたりとも、お力を貸して下さいませね」

そしてわたくしは、悪役令嬢に返り咲くことを決意したのです。

第4章

春を告げるべく、わたくし舞います！

和解した後、ミアさんはそろそろ帰るわとおっしゃって席を立ちました。

その頃には、憑き物が取れたようなすっきりしたお顔をしていらっしゃいました。

『最後に言っておくけど、リオネルのこと、すっとこなんとかって言ってたけど、そんなことないんだからね！』

そう言って扉を勢い良く閉めて去る姿には、わたくしもリュカも笑ってしまいましたわ。

殿下のことが本当にお好きなのだなと、嬉しくて。

それにしても、ミアさんの前世が英国の女の子だったとは驚きでした。

先日の試験でのダンスもお上手でしたし、お国柄なのかもしれませんね。

学園で令嬢達には眉を顰められていましたが、話しかけてくる令息達と気さくにお話しされていたのも納得です。

あんなに殿下のことを想ってらっしゃるのに、他の方にも好意を振りまくことをするかしらと、ずっと不思議だったのですよね。

英国人は社交的な方が多いと聞きますし、しかし令息達と親しげにする一方で、相手の感情を読むのが得意なだけに、遠巻きにする令嬢達とは不必要に関わらなかったのが、逆に変な憶測を呼んでしまったのかもしれません。

結果、令嬢達の中ではミアさんが様々な男性に言い寄っているように見えてしまったのですね。

人との関わりとは、本当に難しいものです。

「それにしても、あの男爵令嬢もお嬢と同じ転生者なんて、驚きました。俺、どっかでお嬢は頭でも打ってわけ分かんねぇこと言ってるだけかもなと思ってたんですけど」

「……リュカ、それは思っていても口に出すものではないのでは？」

全くもう……とため息をつき空になったティーカップを机に置くと、時計に目をやります。

「それにしても遅いですね」

わたくしの考えを読んだリュカが、そう言ってカップを片付け始めました。

そう、ここでアンリさんを待つようにとランスロットお兄様に言われましたが、話が長くなるとは聞いていたものの、いくらなんでも遅くはないでしょうか。

わたくしは構わないのですが、お疲れのアンリさんに負担がかからないでしょうか……？

「そういえばお嬢、そのドレスで踊るおつもりで？」

「あ、そういえば……。わたくしとしたことが、なにも考えておりませんでしたわ！」

「ご心配なく！　そちらは私が用意させて頂きましたから！」

どうしましょうと青ざめていると、明るい声が扉の開く音と共に響きました。

アンリ様です。

「大変お待たせいたしました。もう、男共の話が長くて長くて。いやぁ、お嬢様ったら大変ですね」

「？」

大変とはどういう意味なのでしょう。

首を傾げましたが、秘密とばかりにアンリさんは悪戯《いたずら》そうに笑うだけで、すぐに話を変えられてしまいました。

「それで、お衣装ですよね。大丈夫ですよ、私が本国から取り寄せますから！」

「本国からって……それは……」

どうやってという意味と、そんなことやって良いのかという意味で尋ねると、アンリさんはこれまたうふふと微笑まれました。

「おう……じゃなくて、レイ様から許可を得て、本国から送ってもらうことにしたんです。せっかくだから、伝統衣装で舞うところを見たいということで、本来なら国外の方に贈るなんてこと絶対にしないんですけど、お嬢様は特別ですから！」

恩義に厚いというキサラギ皇国の方ですから、この度のこととの感謝を伝えるという意味もあるのでしょうね。

しかし、宴は明日。

こんな急に、どうやって……。

「ふふ。魔法ですよ、ま・ほ・う！」

ああ、なるほど。

……いえ、ちょっと待って下さい。

そのような魔法など、聞いたことがありませんけれど!?

「まあ、使えるのはキサラギ皇国でも屈指の魔術師だけですからね。でもお嬢様も恐らく使えるようになると思いますけど。レイ様を治してくれた時のこと、ハルに聞きましたよ？」

治してくれた時のことって……。

「もう本国の者には伝えてあって、準備もできているとのことなので、今から送ってもらいますね。では、始めます」

話についていけず呆気にとられているわたくしとリュカをそっちのけにして、アンリさんは魔法陣を描き始めました。

「！　あれは……」

「うわ、なんだあの複雑な文字……」

リュカが顔を顰めるのも当然でしょう。

魔法陣には、今までわたくし以外の方が書いているのを見たことがない、漢字仮名交じりの日本語がいくつも書かれていきます。

アンリさんは、〝ルクレール王国〟〝キサラギ皇国城〟〝服〟、と必要な情報を書き並べています。

そして仕上げの文字は。

「空間移動《テレポーテーション》」

達筆とは言えずとも、アンリさんらしいかわいらしい文字で締め括りました。

そして描いた魔法陣から現れたのは、桜色を基調とした、着物とほとんど同じに見える、花柄の服。

「お待たせいたしました。これが我が国の伝統衣装、〝花衣《はなごろも》〟です」

「とても、美しいですわ……」

その名に相応しい、まるで満開の桜のような衣装です。

そしてとても高価そうなのですが……。こんなものをお借りしてしまって、よろしいのでしょうか？

「こちらはお嬢様への贈り物だということですので、気兼ねなく袖を通して下さいね」

なんとまあ。

大切な伝統衣装、お借りするだけだと思っていたのに、太っ腹というかなんというか……少々行きすぎてはいないでしょうか？

「お嬢のしたことが、向こうにとってそれだけの価値があるということでしょう。遠慮しなくても良いんじゃないですか？」

リュカは遠慮しなさすぎではなくて？

じとりと見つめましたが、早く受け取って着てみて下さいよと言われてしまいました。

まあ確かに時間もありませんし、ドレスで踊るのもなと思っていたので、大変ありがたいことではあるのですが。

「侍従のお兄さんの言う通りです！　ささ、早速着てみましょう！」

アンリさんは半ば強引にわたくしの腕を引き、どこからかパーテーションを出してきてリュカとの間に仕切りを作りました。

「一応護衛も兼ねてるんで、退室はせずにここでのんびり待ってますね〜」

パーテーションの向こうから、どかりとソファに腰を掛けた気配がしました。

「リュカ、あなた……」

すっかり傍観することに決めたリュカに呆れながら、こうなったらなるようになるでしょうと、わたくしは大人しく、花衣と呼ばれた服に袖を通すことにしたのでした。

用意された花衣を広げてみると、やはり着物とほぼ同じ形、舞妓がよく着ているイメージのある、裾引きの型のものでした。

キサラギ皇国では、その上からまるで天女の羽衣のような透けた布を纏《まと》うようです。

着方も着物と同じなのでひとりで着ることもできましたが、なにぶん時間がありませんので、手伝うというアンリ様のお言葉に甘えて、ふたりでドレスを脱いでいきます。

着物を着るのにも時間がかかりますが、ドレスの着脱も大変なのですよね……。

このコルセットを外した時の開放感は、着物の帯を解いた時の開放感に似ています。

「わ、これを取ってもすごい細腰ですね。それなのにお胸はある……」

「ちょっ……アンリ様！　リュカがいることを忘れないで下さいませ!!」

女子特有の話題になりましたが、さすがにリュカの前でするのは恥ずかしく焦って止めようとしたのですが、パーテーションの向こう側のリュカは笑うだけで、気にしないで下さい〜と言ってきました。

いくらなんでも気にしないのは無理ですわ！

「それにしても、あんな瞬間的に物を移動する魔法が使えるなら、あの深手を負った使者の方もすぐにキサラギ皇国へ送ったら良かったんじゃないですか？」

わたくしに気を遣ったのか、リュカがアンリ様に向けて話題を振ってきました。

「うーん、移動できる大きさとか重さにも限度があるんですよ。今の私では、自分の身体くらいの大きさまでで、重さは十キログラムぐらいが精一杯ですね」

襦袢《じゅばん》を着たわたくしに花衣の袖を通しながら、アンリ様が答えます。

「それにけっこう魔力も消費するので、そう何回も使えないんです。さすがに薬くらいは送ってもらいましたけど、毎日の食料までは魔力が足りないし、ましてやレイ様自身を送るなんて、そんなことできる魔術師本国にもいません。あ、ちなみに今は魔力満タンでしたし、花衣も十キログラムまではいかないので大丈夫ですよ！」

「なるほどね」

リュカも納得していますが、そういう不便さもあるのですね。

手際良く花衣の襟を合わせ腰紐を縛りながら、アンリ様はその後も色々と教えてくれました。

実はアンリ様とハル様はご姉弟で、幼い頃からレイ様をお守りしていたのだそうです。

また、排他的なイメージを持たれているキサラギ皇国ではありますが、いつまでもそれではいけない、諸外国との繋がりを深めて、国同士の発展を図るべきだとの意見も近年多くなってきているのだとか。

レイ様達もそういう考えでいらっしゃるようで、どの国と交流するか見極めは必要だけれど、少しずつ自分達から歩み寄る努力をしたいと思っているようです。

「その〝どの国と交流するか見極める〟中に、ルクレール王国も入っているのですか？」

「私からははっきりとした言葉は差し上げられませんが、助けを求めたくらいですからね。そして、この国に予想よりはるかに大きな恩ができた。そういうことです」

つまり、〝是〟ということでしょう。

そして今回のことで、その対象として選ばれる可能性も高い。

ルクレール王国からしたら、願ってもないお話でしょうね。

それにしても、それだけの恩を感じたというのであれば、やはりレイ様はかなりの高貴な方か、もしくは要職に就かれているということでしょう。

アンリ様とハル様がご姉弟ということには驚きでしたが、幼い頃からお守りしているということは、レイ様がそれだけ身分の高い方だということでもあります。

……というか、そんなことをわたくし達に話してしまって良いのでしょうか？

なんとなくですが、彼らは自分達が何者であるかを隠そうとしている気がしていたのですが。

そんな疑問を持ちながら、帯を締め始めたアンリ様をじっと見つめていると、その視線を感じたのか、アンリ様は顔を上げ、にこりと微笑まれました。

「どうせ明日には知るところになるでしょうから。少しヒントを出しただけです。ご心配なく」

なるほど、明日の宴で色々と分かることがありそうですね。

その話はさておき、わたくし気になることがあるのですが。

「あの……ハル様とご姉弟とおっしゃっていましたが、アンリ様はおいくつなんですの？　わたくしてっきりハル様よりアンリ様の方が年下かと……」

「まあ！　嬉しいこと言ってくれますねぇ。私、もうすぐ二十五になります。ハルは三つ下、ちなみにレイ様は五つ下ですよ」

なんとまあ、まさかレイ様が一番年下だったのですか。

あのようにおふたりからお叱りを受けていたことを思い出すと、なるほど最年少者だったのですね。

「ところで、その、おふたりのご関係は……」

そこでわたくしは最も聞きたかったことに切り込むことにいたしました。

ハル様とご姉弟ということで、ひとつの可能性が消えたので、もうひとつの可能性について聞きたいのです！

「うーんっ！　よいしょっ！　うん？　関係、ですか？」

わたくしの背中で最後に帯をぎゅっと締め付けながら、不思議そうにアンリ様が聞き返してきました。

恋愛ものの定番カップルには色々ございますが、幼馴染《おさななじみ》や主従ものというものもございますでしょう!?

ハル様との幼馴染ペアという可能性が消えた今、レイ様との関係が大変気になります！

「その、レイ様と幼い頃から一緒にいらっしゃって、恋心が芽生えたりとか……」

直接的な言い方はできず、どきどきしながらそう問うてみると、予想していたような照れた様子ではなく、焦りを帯びた返事が返ってきました。

「ち、違いますよ!?　大丈夫です、私とどうこうっていう以前に、レイ様には将来を約束した人も、本国に想う人もいませんから、安心して下さい！」

「ええっ！　そうなんですの!?　まあ……それは残念でしたわ」

「え？　残念？」

わたくしの言葉に、アンリ様はどういうことかと戸惑いの反応を見せました。

「もしそうなら、いつから恋を自覚したのかとか、どんな時に想いを通じ合わせているのかなど、色々とお聞きしたかったのですが……」

「あーすいません使者殿、うちのお嬢はそういう恋愛話が大好きでして。自分がどうとかいう話にはかなり鈍感《どんかん》ですよ」

リュカがそう付け足すと、帯を締め終えたアンリ様は目に見えてがっかりされました。

「なぁんだ、ちょっとは脈があるのかと思ったのに……」

「脈？」

「いえ、なんでもないです。はい、着付け終わりましたよ！　どうです？」

「あ、え？　……まあ、これは」

話に夢中で鏡を全く見ていなかったことに気付き、そう言われて初めて自分の姿を見ると、そこには見慣れた前世の着物姿の自分とは全く違う、凛としたセレナの姿《わたくし》がありました。

艶やかな黒髪がとても映えており、まるで……

「花の精のようですね！」

思ったことをアンリさんに言われ、自分に見惚れていたことに少し恥ずかしくなってしまい、苦笑いを返しました。

けれど、この花衣の色や柄、そして先ほどのお話を聞いて、なにを舞おうか決めることができました。

「うお。お嬢、めちゃくちゃ似合ってますよ」

パーテーションが取り払われ、リュカにもそうお褒めの言葉を頂きました。

この、背筋がしゃんと伸びる感覚も、久しぶりですね。

「アンリ様、本当にありがとうございます。では、お疲れのところ申し訳ありませんが、少々お稽古にも付き合って頂けますか？」

明日の宴での、わたくしなりのおもてなしを差し上げるために。

「アンリ様、ありがとうございました。長々とお付き合いして頂いて、遅くなってしまいましたわ」

「いえいえ。お嬢様が我が国の舞踊をご存知だと聞いてはいたのですが、まさかあれほど踊れるとは。驚きましたけど、楽しかったです！」

稽古は無事に終わり、わたくし達はレイ様達の待つ部屋へと向かうため、廊下を歩いていました。

レイ様が許可を出して下さって衣装を得ることができましたので、そのお礼のために。

ちなみにアンリ様は花衣と一緒に扇子も転送して下さっており、わたくしは大喜びしました。

もちろん小道具のない踊りもありますし、他にも笠など使うものもありますが、扇子が一番得意ですのでありがたく使わせて頂くことにしました。

アンリ様の唄もとても素晴らしく、綺麗で伸びやかな声はより一層わたくしの心を躍らせてくれました。

わたくしの指定した曲はこの世界にはないものだったのですが、アンリ様が覚えるから教えてほしいと言って下さり、すぐに覚えて唄えるようになってしまわれました。

曲調が知っている曲に似ているからだとは言っていましたが、素晴らしい才能ですわ。

「これに音楽もあれば完璧なのに。私の声だけなんて、勿体《もったい》ないです」

「さすがに楽器を送って頂くわけにもいきませんし、弾き手もおりませんから……。そこは仕方ありませんわ」

残念そうなアンリ様をまあまあと宥《なだ》めます。

「けっこう遅くなってしまいましたからね、お礼を言ったら屋敷に戻りましょう」

リュカの声に窓の外を見ると、確かにもう夕暮れです。

こんなに長時間アンリ様をお借りしてしまったことのお詫びもしなければと思い歩いていると、レイ様達のいる貴賓室へとたどり着きました。

ノックしようとアンリ様が手を伸ばした時、向こう側から突然扉が開きました。

「――――失礼する、レイゲツ殿。……っ！」

「きゃあっ！」

当然驚いたアンリ様が、ぐらりと体勢を崩してしまったのです。

「っ、あぶな……！」

そう声は出つつも、とっさのことにわたくしの手は前にいたアンリ様の方に伸ばすことができませんでした。

倒れる、皆がそう思った時。

「っと、すまない、使者殿」

アンリ様の腰を抱えたのは、レオ様でした。

小柄なアンリ様を支えるのはそう難しくないことだったようで、軽々と抱き起こして立たせました。

「いえいえ。こちらこそ、助けて頂いてありがとうございます」

それにアンリ様はにこやかにお礼を言いました。

……なんだか、絵になるおふたりです。

そう思った時、胸がちりっと痛みました。

「？　お嬢様？　どうかされましたか？」

ぼおっとしてしまったわたくしの顔の前で、アンリ様がひらひらと掌を振りました。

「あ、いえ！　アンリ様、お怪我はありませんか？」

「はい、そこのおぅ……兄さんが助けてくれたので、この通り、なんともありませんよ！」

とんとんと足踏みして無傷であることを伝えてくれました。

良かったです、さすがはレオ様ですわ。

「？　リュミエール公爵令嬢か？　どうしたんだ？」

そこへ、レイ様がお部屋の中から顔を出されました。

「あ、ひと言お礼とお詫びを申し上げに参りました。あのような上等な伝統衣装を、わたくしなどのために、ありがとうございました」

「ああ、気にするな。そなたはそれだけのことをしてくれた」

素っ気ないようでいて、どうやらレイ様は照れていらっしゃるようです。

その証拠に、耳が少し赤くなっております。

「そして、アンリ様を長時間に渡って引き止めてしまい、申し訳ありません。ですがとても素敵な唄声で、わたくしってばすっかり時間を忘れてしまいましたの」

「まぁ、そんなこと謝らなくて良いのに！　本当にお嬢様はかわいらしいわぁ！」

苦笑いを零せば、アンリ様がそう言ってぎゅうっと抱き締めて下さいました。

柔らかい抱擁に、わたくしの頬も自然と緩みます。

「レイ様、ハルも！　お嬢様の花衣姿、すっっっごいお綺麗ですからね！　しかも舞踊もそんじょそこらの舞い手なんかよりよほどお上手だし！　惚れちゃダメよー！」

茶化すようなアンリ様の言葉に、わたくしも思わず笑ってしまいました。

きっと分不相応な贈り物を申し訳なく思うわたくしのために、あえてそのような言い方をされたのでしょう。

「それほど大したものではありませんが、心を込めて舞わせて頂きますわ。どうぞ明日も、よろしくお願いいたします」

改めてご挨拶をして、そこで使者の皆様とはお別れをしました。

「遅くまで大変だったな。馬車置き場まで送ろう」

「え、よろしいのですか？」

レオ様にもご挨拶をと思ったところで、思わぬ申し出がありました。

わたくしはそのお言葉に甘えて、レオ様と並んで馬車置き場まで歩き始めました。

そういえば先ほど、レオ様が知らない方の名前を呼ばれていたことを思い出し、せっかくだからと聞いてみることにしました。

「ああ、あのレイという男、彼の本名らしい」

「まあ、本当はレイゲツ様とおっしゃいますのね」

ひょっとしたらハル様とアンリ様は幼馴染ですから、愛称で呼ばれているのかもしれませんわね。

だとしたら、知らなかったこととはいえ、さして親しくもない、初対面のわたくしが愛称で呼ぶような失礼なことをしてしまいました。

それにしても、レイゲツ様、ハル様、アンリ様……。

まあ、わたくしってば素敵なことに気付いてしまいましたわ。

「どうかしたか？」

閃いたとばかりに眼を輝かせるわたくしを訝しんだのか、レオ様が顔を覗き込んできます。

ち、近いですわ！

「い、いえ。ちょっと面白いことに気付いたものですから」

「面白いこと？」

もう少し距離を取らなければ、わたくしの体温が大変なことになってしまいます……！

少しずつ横にずれて歩きながら、わたくしの気付きをレオ様にお話ししていきました。

お三方の名前、漢字で令月、春、杏《あんず》、李《すもも》と表すことができます。

そして彼らの母国は、如月皇国。

如月と令月は旧暦の二月、つまり早春。

そして春、杏、李と全て春を指す漢字で書くことができるお名前なのです。

〝令月〟は前世での元号を改める際にも、一度注目された言葉ですわね。

さすがに日本語の知識だとお話しするわけには参りませんから、そういう意味のある言葉があるらしいですよと、ぼかしてお伝えしましたけれど。

「……そうか、そういうことか……！」

「？　レオ様？」

何気ない話のつもりだったのですが、レオ様にはなにか思い当たることがおありだったようです。

「セレナ嬢、助かった。……君には、助けられてばかりだな」

助けられてばかりとは、一体どういうことなのでしょう。

意味も分からず困惑するわたくしに、レオ様が苦笑します。

「……もう少し、もう少ししたら、話したいことがある」

「話、ですか？　今はできないことなのですか？」

辛そうに笑い頷くレオ様の表情に、わたくしの胸もつきんと痛みました。

「もう、遅いのかもしれない。それは俺が悪い。だが、きちんと伝えたい」

なにを言いたいのかは分かりません、ですがその真剣な心は、十分に伝わってきました。

「分かりました。約束ですね」

少しでも気持ちを楽にして差し上げたい、そう思ってわたくしはにっこりと微笑んだのでした。

次の日。

「リュミエール公爵令嬢、ご用意はできましたでしょうか？　あと一時間ほどで始まりますが」

王宮のある一室、わたくしの準備部屋として用意されたその部屋の扉の外から、確認の声がかかりました。

「はい、もうじきに終わりますわ。ありがとうございます」

扉に向かってそう答えれば、また後ほどお呼びしますと返ってきました。

「あとはここに髪飾りを……はい、できました！」

「素晴らしい出来だね。セレナ、立って見せてくれるかい？」

「正面から見なくてもその美しさは分かるがな」

支度を手伝って下さった王宮の侍女が髪結いの完成を告げると、なぜかこの場にいるふたりのお兄様方がそう声を上げました。

ランスロットお兄様はまだ分かります、ですがなぜ、エリオットお兄様まで？

その疑問にお兄様は、宴の警護役を奪い取ってきた！　とあっけらかんと答えました。

ならば今はお仕事中なのでは……？　という視線を送れば、支度の完成を見届けたらすぐに行くからと焦っておりました。

お仕事に穴を空けないのであればそう目くじらを立てるつもりはありませんが、人様に迷惑をかけないようにはして頂きたいものです。

それを言うなら、ランスロットお兄様も今はこんなところでゆったりしている場合ではないのでは？　と思わなくもありませんが。

どうやら午前中のうちに準備は万端にしてきて、最終の確認作業ももう全て終えてきたらしく、お父様にも許可を得てきたとのことでしたので、わたくしがどうこう言うことはできません。

むしろ、わたくしがきちんと今日のもてなしをこなすまで大事ないか見守ることも、大切な役目だとまでおっしゃいました。

まあ確かに、わたくしが粗相をしてキサラギ皇国の方々のお怒りを買っては事ですからね。ですが、レイ様ならば怒るというより呆れながら『いいか、それはだな……』と理路整然とご教示下さる気もしますが。

そんな姿が容易に想像できて、思わずくすりと笑みが零れてしまいました。

「おや、緊張はしていないようだね。いつものドレス姿も美しいが、その贈られた花衣姿もとても似合っているよ」

「いやしかし、美しすぎはしないか……？　悪い虫どもが寄ってこないか心配だ」

「まあ、それは言いすぎですわ。ふふ、ですが本番前にこうしてお言葉をかけて頂くことができて、嬉しかったです。そろそろ始まるとのことですし、お兄様方もどうぞお仕事に戻って下さいませ」

ふたりとも妹馬鹿《シスコン》ですからねと、背後でリュカが呟いておりますわよ？

そんな和やかなひと時、突然ドンドンと扉が叩かれました。

「誰だ一体……」

「おまえを呼びに来たのだが？」

エリオットお兄様が苛つきながら扉を開けると、そこにいらっしゃったのは、エマ様の婚約者であるライアン・フーリエ様でした。

「隊長が大激怒している。さっさと来い、この妹馬鹿。ああリュミエール公爵令嬢、兄君をお借りしますよ。お支度中、大変失礼いたしました」

笑顔ではありましたが、大変お怒りなご様子でフーリエ様はエリオットお兄様を引きずっていかれました。

エリオットお兄様に対する評価がリュカと一緒だったことに、ちょっぴり笑いそうになったのは秘密ですわ。

「やれやれ、では僕もそろそろ行こうかな。あんな風に部下に来られては大変だからね。ああそれと、頼まれていたものはもう用意してあるよ」

さすがのランスロットお兄様も、苦笑いで席を立ちました。

お願いしておいた小道具もすぐに準備して下さったとのことで、お礼を言います。

そのうえ昨日は国王陛下への伝言も速やかに行ってくれましたし、今日の舞への許可も頂けました。

さすが、お仕事が早くていらっしゃいますわ。

「ではね、向こうで君の可憐な舞を楽しみにしているよ。君のおかげで、色々と面白いことになりそうだしね」

そう言うとお兄様はさっさと出ていってしまいました。

「坊っちゃんのあの台詞《せりふ》、なにかありそうですね」

リュカもなにかを感じ取ったらしく、眉間に皺を寄せています。

昨日のレオ様のことといい、わたくしの知らないところで色々と事が進んでいるようですね。

ですが、今日わたくしがやるべきことは心を尽くして舞うこと、それだけです。

それに、きっと最後にはきちんとお話ししてくれるでしょう。

「なにがあったとしても、わたくしはわたくしのやるべきことをやるだけですわ」

わたくしができる精一杯を。

舞に乗せて、伝えるだけです。


「こちらでお待ち下さい」

案内係に誘導され、宴が開かれている広間の続き部屋へとやって来ました。

隣では、両陛下と共に使者のお三方が会食をされているはずです。

はじめは十数名の要職についている貴族も参加する予定だったらしいのですが、キサラギ皇国側が少人数でとお断りしたようですね。

それでも責任者のランスロットお兄様や、双方と親交のあるセザンヌ王国のフェリクス殿下はご一緒されているはずですが。

あとは警護役にエリオットお兄様も、恐らく。

わたくしとしては、気心知れた方が多くて緊張も和らぐというものですが。

それでもやはり、本番前のこの時間は鼓動が鳴り響いてしまうものですね。

けれど、このぴりりとした緊張感が、懐かしい。

「お時間です。よろしくお願いします」

案内係の声に、そっと一歩を踏み出します。

この扉をくぐったら、わたくしは演者。

『背筋を伸ばして、顔を上げて。この瞬間だけは、あなたは舞の中の登場人物になる。なりきるのではなく、なるのです』

セレナでもなく、怜奈でもない。

春を告げる、花の精になる。

「……表情が、変わった」

リュカのそんな呟きも、わたくしの耳には届きませんでした。

◆◆◆

歓迎の宴が開かれている広間には、キサラギ皇国の使者三人の他に、ルクレール王国の国王夫妻とその第二王子であるリオネル、そしてこの度の歓待の全権を委任されたリュミエール公爵家嫡男ランスロット、両国と親交のあるセザンヌ王国からの留学生であるフェリクス第三王子が共に会食の席にいた。

そしてその中に、わけを知らず首を捻《ひね》る参加者がひとり。

レオ・アングラード。フェリクスと共にセザンヌ王国からやって来た留学生だ。

同じくわけを知らないリオネルはレオが同席することに眉を顰めたが、国王夫妻である両親が許したのだ、反対などできなかった。

この男には、学園でのダンス試験で恥をかかされた苦い思い出がある。

しかも同じく当事者であった己の婚約者、セレナがこの後舞を披露することになっている。

なにか企んでいるのでは、そう考えるのももっともなことだった。

リオネルにしてみれば、セレナといえば、真に愛するミアと結ばれるためにも早く婚約を破棄したい相手。

そのために、周囲にセレナが王子妃に相応しくないと働きかけていたのだが、最近それも上手くいっていなかった。

それどころか、昨夕そのミアが――――。

「それでは、リュミエール公爵令嬢、セレナ嬢の舞をお楽しみ下さい」

リオネルが考えに沈んでいると、不意にそんな言葉が広間に響いた。

(ついに、お出ましか。キサラギ皇国の伝統舞踊に心得があるとの話だったが、一体どんな舞を披露してくれることやら)

もしもここで失態《しったい》を演じたら。

王子妃に相応しくないと己の父母に訴える、絶好の機会になる。

それなりの舞でそれなりに使者達を満足させられたなら、それはそれで国の利になる。

(どうなっても私には都合が良い。さて、では高みの見物といこうか)

そう考えを纏め、リオネルは顔を上げて婚約者の方を向いた。

衣装まで贈られたと聞いたが、きっとあの女には似合わない、みっともない姿ならば鼻で笑ってやろうとリオネルは思っていた。

それなのに。

「まあ……まるで、春を司る女神のようね」

王妃《はは》の言葉に思わず頷いてしまうような、圧倒的な美しさ。

うっとおしいと思っていた黒髪が艶やかに映え、そのきりりとした眼差しからは、何物にも穢されることはないという気高さを感じる。

見たこともない衣装に身を包んだセレナは、ただ凛としてその場に佇んでいるだけなのに。

そんなセレナは中央まで歩くと、滑らかな動作で身を伏せ、手をついて礼をした。

ただそれだけで、そこにいる全ての者の視線を集めたのだ。

〜♪

そこに、不意に聞き慣れない唄声が響いた。

今回の唄い手を務めるという、使者の女の声だった。

その不思議な旋律を合図に、セレナはまず扇子を開いた。

まるで硬く閉じていた蕾が花開くかのように、ゆったりと、綻《ほころ》ぶように。

それに合わせて、彼女自身も笑んだ。

すっと立ち上がると、しなやかに身を翻《ひるがえ》し、手首を返して扇子を美しく魅せ、まるでその掌から花びらが舞い上がるように振る。

ゆったりとした曲なのに、優雅《ゆうが》な動きに合わせて、花衣の上から羽織った衣がまるで羽のようにふわりふわりとはためいた。

それは、まるで穏やかな春の風を表現しているようで。

見ている者達は、ほおっと感嘆の息を漏らした。

「春、桜の唄か」

「彼女は、完璧に我々の意思を理解し、素晴らしい形で返してくれようとしていますね」

黙って舞に魅入られていたレイゲツの呟きを拾い、ハルもまた喜色《きしょく》を浮かべた。

彼女が何者なのか、なぜキサラギ皇国のことにこんなにも詳しいのかは、分からない。

けれど、彼女の存在があったからこそ、自分達は一歩踏み出そうと決断することができた。

永く他国との交わりを極力拒んできた我が国も、変わらねばならないという思いを掻き立ててくれた。

「しかし、そうした政治的な意味合いを別にしても……見事な舞だ」

涼やかなレイゲツの目元が和らぐ。

いつか聞いた、キサラギ皇国の至宝の舞姫。

彼女の舞も、このように美しかったのであろうか。

あの高位貴族らしからぬ気さくさも、おっとりとした立ち振る舞いも、良い意味で今の彼女からは感じられない。

目の前でふわりふわりと舞うのは、桜の精そのものだった。

アンリの唄が少しずつ消えていくのに合わせて、桜の舞姫も曲の始まりと同じように礼をした。

その余韻に浸るかのように、しばし拍手をするのも忘れていたことに気付いたレイゲツは、はっとして手を打とうとした。

その時、二曲目が始まった。

いつの間にか扇子は消え、代わりにセレナの手の中にあったのは、花の枝を模した長い錫《しゃく》杖《じょう》。

あの花は、梅だろうか。

花と共に先端に施《ほどこ》された鈴の音が、唄と溶け合って耳に優しく響く。

早春とはいえ寒風の吹く中で凛と咲く梅の花とセレナは、とても似ている気がした。

ルクレール王国の第二王子、すぐ側に座っているリオネルとの話を耳にしていたレイゲツは、ちらりと彼の方を見た。

目の敵にしている婚約者、しかしこの美しさを前にしてすっかり見惚れてしまっているようだ。

だがそれも無理はない。

自分達だけでなく、国王夫妻や実の兄であるリュミエール公爵令息、ひいては護衛の騎士達まで虜《とりこ》にしてしまっているのだから。

そんな観客達のことなどお構いなしに、しゃららんしゃらんと鈴の音を転がしてセレナは錫杖を振り、舞っていた。

まるで踊りながら魔法陣を描いているかのようだと、唄いながらアンリも思う。

ただ上手いだけじゃない。

魅せ方も、演じ方もよく知っている。

昨日の練習でセレナの実力を知ったつもりでいたが、本番でこれは予想以上だった。

まさか国外にこんな逸材がいたとは……と鳥肌を立てた。

そうして多くの者の心を奪ったセレナは、最後は静かに礼をして、もてなしの舞を終えたのだった。

◆◆◆

はぁ……はぁ……。

久しぶりの舞に、胸躍りすぎて息が上がってしまいましたわ。

最後の礼をしたは良いのですが、少しだけこのまま休んで息を整えて……。

「――――っ、素晴らしい舞だった」

静寂の中、上げられた声の持ち主はレイ様……いえ、レイゲツ様でした。

ふっと頭を上げれば、会食の席に座る皆様が目を輝かせて拍手を贈って下さっています。

まさかリオネル殿下とレオ様までいらっしゃったとは予想外でしたが……。

この高揚感、達成感も久しぶりですね。

舞っている途中のことはあまり覚えていないのですが、この様子では粗相はしなかったようです。

安心感からふっと脱力してしまったわたくしの元へ、レイゲツ様がゆっくりと歩いてきました。

？　どうしたのでしょう。

ああ、早く立たなくては、失礼ですね。

けれどわたくしの足は力が入らず、目の前に立ったレイゲツ様を見上げることしかできませんでした。

そんなわたくしをじっと見下ろすと、レイゲツ様はおもむろに跪きました。

「「！　レイ様……！」」

ハル様とアンリ様の驚く声が聞こえましたが、わたくしはただ呆然《ぼうぜん》とその様子を見つめるだけになってしまいました。

「今回の舞、とても見事なものであった。どちらも春を題材としたものだったな。しかし今の季節は秋。それにはなにか、理由が？」

わたくしに目線を合わせて下さったのだと思い至ると、このままの体勢では申し訳ないと思いつつも、早く答えなくてはという気持ちが勝ってしまい口を開きました。

「────春を、告げたかったからですわ。キサラギ皇国と、ルクレール王国の間に」

わたくしの言葉に、レオ様が肩を揺らしたのが見えました。

「アンリ様からお聞きしましたの。キサラギ皇国にも、諸外国との親交を深め、互いに発展したいというお考えの方が増えているのだと」

そう、国と国との繋がり。

それは、人と人との繋がりにも似ている。

「もちろん一朝一夕《いっちょういっせき》でどうにかなるお話ではありません。様々な事情もおありになるでしょう。ですが、わたくしは思うのです。国外に愛し合う人ができたのに、国の事情でその方と結ばれることが難しい場合は、諦めないといけないのでしょうか、と」

セザンヌ王国へと嫁いだ媛君。

多くの反対を押し切り、真実の愛で結ばれた。

けれど、人知れずその恋を諦めた人も多いのではないでしょうか。

「納得できる理由があるならば、諦めもつくかもしれません。けれど、〝キサラギ皇国民は、その文化や技術を秘匿するために、他国の者と結ばれることを認めない〟と言われてしまうのは、あんまりですわ」

だって、媛君は幸せだったのでしょう？

それでいて、今でも母国の方々に忘れられず愛されている。

そして、キサラギ皇国とセザンヌ王国の親交も続いている。

「混ざり合うことで、新しいものが生まれることだってありますわ。けれど、古き良きものを忘れる必要もありません。新しいものと古いもの、そして国外のものが共存できる国を作れば良いのですから」

例えば、わたくしの前世住んでいた日本。

超高層ビルの側に、由緒正しき伝統建築物が建っていて、海外からの観光客でごった返しているなんてこと、ザラにありましたもの。

「一期一会と申します。この偶然とも言える出会いが、両国の架け橋となることを祈って。互いの国の春を願って、舞わせて頂きました」

錫杖を両手で握りしめて、梅の花を掲げます。

永い冬に負けない花。

そしていずれ、暖かい桜の花開く季節が巡りますように。

わたくしがこの舞に込めた意味は、これが全てです。

そう言って最後にレイゲツ様の目をしっかりと見て微笑みました。

瞳の中にわたくしを映したレイゲツ様は、そのまま目を見開いて唇を震わせました。

「――――レイゲツ殿」

そこへ、いつの間にか近付いてきたレオ様の声が響きました。

「あなたは――――」

「レイゲツ！　覚悟！」

レオ様がなにかを言おうと口を開いた時、その場に相応しくない怒声が響き渡りました。

天井から落ちてきたいくつもの黒い影、そしてレイゲツ様に迫るきらりと光る刃物を、わたくしはとっさに手にしていた錫杖で受け止めました。

「レイ様！」

「くっ！　曲者《くせもの》か！」

アンリ様とハル様の焦った声が聞こえますが、この舞踊用の錫杖では強度が……え？

いいえ、刃物に負けてはおりません。

「よく受け止めたね、セレナ。彼から暗殺者に狙われているという話を聞いていたからね。こんなこともあろうかと、特別製にしておいたよ」

「ランスロットお兄様!?　くっ……」

とはいえ、男性の力に勝てるほど今は力が……！

「ぎゃあっ！」

「セレナ嬢、大丈夫か!?」

わたくしと対峙していた黒ずくめの男が突然倒れたかと思うと、レオ様が剣で切り払って守って下さいました。

けれど、つんとした鉄の匂い。

背中から赤黒いものを流して倒れる黒ずくめの男。

その姿に震えるわたくしの手を見て、レオ様が顔を顰めました。

「……っ、すまない」

苦々しい声で呟くと、まだ残っている暗殺者達の方へと振り返り、応戦しに行ってしまわれました。

わたくし、せっかく助けて下さったレオ様に、お礼も言わず、なんてこと……！

怖がっていてはいけません、わたくしが武術を嗜んでいたのは、こんな時のためでもあるのですから。

『女だけだとなにかと物騒ですからね。護身できるようにしておきなさい』

母上様がわたくしに施してくれたものを無駄にするわけにはいきません。

躊躇いなく暗殺者達を屠《ほふ》ることはできなくとも、守ることはできるはず。

「レイゲツ様、わたくしから離れないで下さいませ！」

「そなた、武術にも心得が……？」

「ありがとうございました、お嬢様。私達も一緒におりますので！」

ハル様とアンリ様も駆けつけて下さり、またここにはランスロットお兄様やエリオットお兄様、フーリエ様など国内でも指折りでしょう達人達が揃っております。

奇襲に驚きはしましたが、遅れはとりません。

錫杖は薙刀《なぎなた》とは勝手が違いますが、それでもある程度の攻撃を防ぐくらいはできます。

この両国にとって大事な席を台無しにするなど、許しません。

誰もがその一心で、剣を、槍を、魔法を振るい、戦ったのです。

「大変失礼いたしました。暗殺者達の侵入を許してしまうとは……」

「いいえ、忍び達はどこからでも侵入してきて、それを防ぐのはかなり困難なことですから。それに元々奴らの狙いは私、巻き込んでしまい申し訳ない」

この世界にも忍びがいらっしゃいますのね。

陛下の謝罪にレイゲツ様も申し訳なさそうに答えます。

あの後、無事に暗殺者……忍び達を迎え討ち、別室にて仕切り直しとなりました。

「それはそうと……レオ殿は、昨日の私の問いの答えが分かったようですね」

レイゲツ様がちらりとレオ様に目を向けます。

「……ここで、話しても？」

「ええ、どうぞ」

今室内には、キサラギ皇国のお三方の他に、両陛下とリオネル殿下、そしてフェリクス殿下、ランスロットお兄様とわたくし、最後にリュカがおります。

ハル様とアンリ様はともかく、他の者に聞かれても良いのかとレオ様が確認をとりました。

「昨日私はそなたに言ったな。私の正体を暴いてみろと。そして本名を明かした。私のレイゲツという名前を知り、そなたはどう推理した？」

しかしレイゲツ様はそれを物ともせず、早く答えてみろとでも言いたそうな余裕の表情です。

「……昨日、セレナ嬢に聞いた。レイゲツとキサラギとは、同じ意味を持つのだと」

そういえばその話をした時、レオ様の様子が変わりました。

わたくしの戯れの話などに、一体なぜと思ったのですが……。

「どちらも二月、早春を表す言葉だとか。俺、いえ私はある人物に聞いたことがあるのです。キサラギ皇国の皇族は、その名に国を背負っていると」

それは、まさか。

しかし当事者のレイゲツ様は、それを聞いてもなお、無表情です。

「幼い私はその意味が良く分からなかった。皇族が国を背負うというのは、どの国だって一緒だろうと。けれど、違った。その言葉通り、皇族には国名と同じ早春――二月を表す言葉が名付けられるという意味だったのでしょう」

レオ様が真っ直ぐな眼差しを向けると、そこで初めてレイゲツ様の口の端が少しだけ持ち上がりました。

「そして同行していたおふたりの名前。ハルとアンリ。彼らの名前もまた、春にちなんだ言葉に変換できるとセレナ嬢は言いました。……皇族の従者を代々務める一族は、皇族に近しい、春に関係する名前を持つらしいですね」

ぱっとハル様とアンリ様の方を振り向くと、わたくしの視線に気付いたおふたりは、にっこりと微笑まれました。

「それも一族からふたりも側に置くことを許されている。……あなたは、キサラギ皇国の皇太子、もしくは、かなり皇位継承順位の高い皇子なのではないですか？」

レオ様が出した答えに、レイゲツ様は満足そうに微笑んだ後、ゆったりとした動作で両陛下の方へと向き直りました。

「改めて、ご挨拶申し上げます。わたくしはキサラギ皇国皇太子、レイゲツ・キサラギ。正体を隠してこの国に滞在していたこと、深くお詫び申し上げます」

それまでとは違う空気を纏ったレイゲツ様は、皇太子の名に相応しい気品さでもって礼を執りました。

レイゲツ様がキサラギ皇国の皇太子だったとは……。

レオ様のお話を聞きながらまさかと思いはしましたが、本当に？

「重ねて、この場を借りて感謝を申し上げたい」

そう続けたレイゲツ様は、驚きのあまり声も出ないわたくしの方へと振り向きました。

「怪我の治療、母国の料理に舞踊というもてなし、そのうえ暗殺者から命まで助けられた」

そしてそのまま、わたくしを見つめながらゆっくりとこちらへ歩いてきます。

「そして我が国への造詣深く、こちらの贈り物の意図を読み取り、国同士の繋がりを深めるべく、舞に乗せて返事をするという情緒も持ち合わせている」

ああ、あの桜色の衣装は、やはりなにかしらのサインだったのですね。

レイゲツ様はわたくしの前でぴたりと止まると、まるで眩しいものを見つめるかのように一瞬目を眇《すが》めました。

「……亡くなった媛君は、舞の名手としても名高く、かつその高貴な身分をひけらかすことのない、気さくで清廉な心の持ち主だったと聞く。きっと、そなたのような美しい媛だったのであろうな」

信じられない思いで呆然と立っていると、レイゲツ様はその場で跪きました。

「最上級の感謝を。我がキサラギ皇国は、そなたへの恩を決して忘れない。そなたに出会えて、本当に良かった」

そう言ってわたくしの手を取り、その指先に唇を寄せました。

その口づけの意味は、賞賛と感謝。

一国の皇太子殿下が、たかが貴族令嬢に行うにはあまりに過ぎた行為です。

まるで他人事のようにぼおっと一連の動作を眺めていると、レイゲツ様のうしろでハル様とアンリ様も同じようにして跪いているのが見えました。

「や、やりすぎではないか⁉」

そこへ、リオネル殿下が声を上げました。

「その女……いえ、セレナは私の婚約者です。あまり馴れ馴れしくしないで頂きたい。それに、彼女が国に尽くすのは当然のことであって、今回のことも別に特別なことでは……」

「リオネル」

「お黙りなさい」

レイゲツ様へと向ける言葉を、陛下と王妃様がぴしゃりと遮りました。

まあ、殿下はわたくしが呆然としているのを見て、助けようとして下さったのでしょうか。

嫌いな女のことを婚約者だと発言するのも、気が進まなかったでしょうに……。

さすがヒーロー、器が大きいですわね。

わたくしはリオネル殿下の発言をそう解釈《かいしゃく》したのですが、なぜかレオ様やランスロットお兄様はじめ、室内の全員がリオネル殿下に敵意の目を向けております。

あら？　わたくし解釈違いでしたかしら？

「……レオ殿、どうやら私はあなたと手を組むという選択肢を取るしかないようだ」

「はあ……ここまで馬鹿だとは……」

「ある意味事がスムーズにいって良かったですけどね」

レイゲツ様とレオ様、フェリクス殿下が謎のやり取りを始めました。

どうやら両陛下やランスロットお兄様にも話が通じているらしく、頷いたり、ため息をついたりしています。

わたくしだけ置いてけぼりにされている気が……。

多少疎外感を感じてしまいますが、政治的なお話であるならば、たかだか一介の貴族令嬢に漏らすわけにはいかないでしょうし、仕方ありませんわね。

「もういいわリオネル。後で話をしましょう」

空気が変わったところで、王妃様がリオネル殿下に退室するようにと促しました。

「なっ、なぜです⁉　そんな、得体のしれない他国の留学生を残して、王子の私が……」

「リオネル」

なおも食い下がろうとするリオネル殿下を、陛下がぎろりと睨みました。

「後で説明すると言っている。良いから、出ろ」

その有無を言わさない迫力に怯《ひる》み、リオネル殿下は不本意そうなお顔をされながらも大人しくご退室されました。

な、なんでしょうこの空気……。

ひとりだけ話が良く分かりませんし、いたたまれませんわ。

「セレナ嬢には明日にでも俺から説明する。今日はもう疲れただろうから、帰ると良い」

わたくしを気遣って、レオ様がそうお声がけ下さいました。

それに両陛下やランスロットお兄様も頷いて下さいます。

「そうだな。ああ、それと我々は明日この国を立つ。できれば見送りに来てもらえると嬉しいのだが」

そしてそう言って下さったレイゲツ様とは明日の約束をして、退室させて頂きました。

本当なら、レオ様に先ほど助けて頂いたお礼と、不甲斐ない姿を見せてしまったことを謝りたかったのですが……。

明日、お見送りの後にでもきちんとお伝えさせて頂きましょう。

説明するとおっしゃっていましたし、少しくらいなら話す時間があるでしょう。

「お嬢、どうしました？　疲れたでしょうから、早く帰りましょう」

後ろ髪を引かれる思いではありましたが、リュカに返事をして後に続きました。

第5章 思い出話に花を咲かせましょう

「お嬢様～！　これでお別れなんて、寂しいです!!」

「まあ、アンリ様にそんなことを言って頂けるなんて光栄ですわ。ぜひまたこちらにお越しの際は、お知らせ下さいませ」

翌日、約束通りわたくしはリュカと共にお見送りのため王宮に来ておりました。

盛大な見送りは遠慮するとのことでしたが、ランスロットお兄様とレオ様はこうして一緒におりまして、おふたりもレイゲツ様、ハル様と挨拶を交わしております。

「名残惜しいですー!!」

わずかな期間でしたが、そう言って頂けるほどにアンリ様とも仲良くなれて嬉しいですわ。

お手紙のやり取りなどができたら良いのですがと伝えれば、当たり前にそのような交流ができるように、少しずつ開かれた国にしていこうとレイゲツ様が答えてくれました。

「そなたのこともいずれ国に招待できるよう、善処しよう」

「むしろお嫁に来て頂いても……」

「「それは駄目だ」」

アンリ様の言葉をばっさりと拒否したのは、レオ様とランスロットお兄様でした。

冗談に決まっておりますのに……そんなに真面目に答えなくても。

くすくすと笑うと、レイゲツ様がすっと手を差し出してきました。

一瞬驚きましたが、すぐにその手を取って握り締めます。

「また会おう」

「その日を楽しみにしておりますわ。レイゲツ様のご健勝を、心よりお祈りしております」

ぎゅっと握手した手を放し、互いに微笑み合います。

「大変お世話になりました。では、これで失礼いたします」

ハル様のご挨拶を最後に、お三方は馬に乗り上がります。

そうしてそのまま、目礼だけをしてキサラギ皇国の方へと馬を走らせていきました。

そのうしろ姿が見えなくなるまで手を振り続けます。

そんなわたくしに、ランスロットお兄様が優しく声をかけてくれました。

「行ってしまわれたね。セレナのお陰で国交も進みそうだし、今回は本当に助けられたよ」

「微力ではありますが、お力になれて良かったですわ。レイゲツ様は、きっと良い皇帝になられるでしょうね」

最後に握手した時のお顔は、とても清々しいものでした。

自由に互いの国を行き来したり、手紙のやり取りをしたりできるような間柄になる、その日を夢見てきっとこれからも努力されるのでしょう。

「なかなか無茶をする方だったが、自分の目で見て判断するという考え方には好感が持てたな」

レオ様もレイゲツ様のことを認めていらっしゃるようです。

「キサラギ皇国民は、素晴らしい皇太子様がいて幸せですわね」

「そう、だな」

わたくしの素直な感想だったのですが、なぜかレオ様は俯いてしまわれました。

なにか変なことを言ってしまったのでしょうか……？

レオ様の様子に落ち着かない気持ちになります。

そんなわたくし達を見て、ランスロットお兄様がにっこりと笑いました。

「さて、セレナ。どうやらレオ殿は君に話があるようだ。僕としてはものすごぉく不本意なのだが、君にとっての最悪は免《まぬが》れそうだから仕方がない。いいかい、遠慮せずに思ったことを言えば良いんだからね？」

な、なんでしょう、圧を感じますわ。

不本意だの最悪は免れるだの、良く分からないことばかりではありますが、とりあえず大人しく頷いておきました。

しかもお兄様ったら、去り際にレオ様を睨んではいませんでしたか？

「兄が申し訳ありません」

「いや、かわいがられているんだな」

かわいがられているのは大変嬉しいことなのですが、少々過保護な気も……。

そう呟くと、レオ様は確かになとわずかに笑ってくれました。

そうですわ、昨日のことのお礼と謝罪をしなければ。

「少し時間がかかるが、付き合ってくれるか？　落ち着いて話ができる場所に行こう」

口を開きかけたところでレオ様にそう提案され、移動することにいたしました。

西庭園の東屋が良いだろうとおっしゃって歩くレオ様は、まるで知り尽くした場所であるかのように迷いがありません。

もしかしてこの数日で王宮内を把握してしまったのでしょうか？

賢い方なのだろうとは思っておりましたが、驚きです。

庭園に着くと、そこには秋の落ち着いた色合いの花々が綺麗に咲いていていました。

日差しもそれほど強くなく、暑くも寒くもなくて丁度良い気候です。

しばらく歩くと、シンプルながらも上品な東屋が見えてきました。

何度か王宮の庭園には来ておりますが、ここは初めてです。

温かな木製の机と椅子があり、わたくし達はそこに腰掛けました。

「すまないが、できれば少し離れたところにいてもらえるか？」

レオ様の言葉にリュカは少しだけ眉を上げましたが、なにも言わずに東屋の外、わたくし達の姿は見える場所へと移動してくれました。

それを見届けてから、はしたないと思いつつも、まずわたくしからお話ししたいとレオ様にお願いしました。

「まず、昨日は危ないところを助けて頂き、ありがとうございました。それから、守って下さったのに震えるだけで、お礼も言えずすぐに立ち上がることもできず、申し訳ありませんでした」

その場に立ち、頭を深く下げてお礼と謝罪を告げました。

斬られた人を見るのが初めてで、恐ろしいと思ってしまったのは仕方がないかと自分でも思いますが、守って下さったレオ様を恐がるような素振りを見せてしまったことは、いけなかったと思ったのです。

「……俺が、恐くなったのではないか？」

ああやはり、誤解させてしまったようです。

「いいえ。レオ様は出会った時から変わらず、さり気ない優しさでいつもわたくしを助けて下さっています。そんなレオ様に感謝こそすれ、恐がることなんてありませんわ」

眉を下げたレオ様の不安を取り除きたくて、しっかりと目を見つめてお話しします。

「だから、今からお話しして下さることも、そんなに不安に思わないで下さい。ちゃんと、最後まで聞きますから」

なにか大切なことをお話ししようとして下さっているのでしょう。

そして、少しだけ怖がっているのだと思います。

なにに対してなのかは分かりませんが、それでもわたしは、レオ様のお話をきちんと聞きたい。

「ありがとう、セレナ嬢」

レオ様は苦笑いをして、それから静かに口を開きました。

◆◆◆

母との思い出は、もうほとんどが朧《おぼろ》げだ。

けれど、いくつか印象的だった出来事やとても黒髪の美しい人だったこと、その綺麗な顔に似つかわしくない、意外と豪胆なところのある人だったことは覚えている。

『そなた、そんなことでは嫁の来手がないぞ？　せっかく獅子をもじった名を付けたのじゃ。強く、逞しくあれ。ほれ、剣を持って立て』

王妃という地位にありながら女だてらに剣を振るい、幼い頃に懐いていた祖母譲りだという独特の口調も、この国では変わっていた。

『その菓子が気に入ったか？　それはの、母の祖母、つまりそなたの曽祖母が教えてくれたものじゃ。祖国の食べ物だそうでの。ほら、頬についておるぞ』

普通高貴な女性は菓子作りなどしないものだが、母は何度か作ってくれたことがあった。

その中でも、一度か二度しか口にしたことのない黒い地味な菓子。

『……おひとつ、召し上がってみます？』

もうほとんど忘れかけていた記憶を思い出させたのは、そう言われて何気なくつまんだもの。

なぜ彼女がと思いつつも、ゆっくりと噛んで味わったその菓子は、懐かしい味がした。

俺の本当の名前は、レオナール・ルクレール。ルクレール王国の第一王子だ。

そして母はセザンヌ王国の公爵令嬢。

その祖母は熱愛の末にセザンヌ王国に輿入れしてきたという、キサラギ皇国の媛。

とはいっても、俺自身が生まれた時にはその祖母もすでに亡くなっていたし、キサラギ皇国民特有の褐色の肌も受け継いではいない。

それに、幼い頃から母や騎士達から稽古を受けた剣術は自分でもそれなりだと自負しているが、魔法に関しては皇国民のように特別優れているわけでもない。

そんなこともあって、あの閉鎖的なキサラギ皇国の血筋だと奇異な目で見られることはほとんどなかった。

まあ曽祖母もその子ども達も子だくさんだったという話だからな、俺の代までくるとキサラギ皇国の血筋だと知る者はほとんどいないだろう。

それに、母と父はとても仲睦まじく、あんな母ではあったが臣下にも民にも慕われていた。

……それを面白く思わない連中がいたことは、仕方がないと言えば仕方のないことなのかもしれない。

だから俺は、国外に逃されたのだ。

母を喪ってすぐ、新たな妃が立った。

それは、母の侍女を務めていた女性で、俺のこともよくかわいがってくれていた。

そしてそれは、母の意志を継ぐべく父と結婚して、子どもを産んだ後も変わらなかった。

腹違いの弟ができたことを、素直に喜べるなんて思わなかった。

『あら、しっかり手を握って……。ふふ、お兄ちゃんのことが好きなのね、きっと』

義母の言葉と弟の柔らかな手の感触が嬉しかったことを、今でも覚えている。

母がいなくなった哀しみを少しずつ雪《すす》いでくれたのは、そんな家族の温かさだった。

それに応えるように、俺もますます剣術や勉学に励んだ。

尊敬する父や義母、弟に誇りに思ってもらえるような人間になりたかったから。

それをちっとも苦に思わなかったし、むしろ新しいことを学べる喜びも感じていたため、この時の俺は毎日が楽しかった。

だが、そんな平穏な日は長くは続かなかった。

『え……セザンヌ王国へ、留学？』

『ああ、今このままここにいるのは危険だ。母の生家を頼ってそちらでしばらく精進しなさい』

国王である父は、苦い顔をしてそう言った。

後継者として俺を推す派閥と、弟のリオネルを推す派閥との間が緊張状態にあるとのことだった。

父も義母もなんとか収めようと努めてきたのだが、このままでは民の暮らしにも影響が出てしまう。

その時の義母は身重で、まだ幼いリオネルを遠くへやるのは義母の身体にも影響を与えかねなかったのだ。

『この争いが落ち着いたら、必ず戻れるように私達も努力する。……行ってくれるか？』

拒否するという選択肢は、俺にはなかった。

父も義母も苦しんでいる。

おしゃべりだけは堪能《たんのう》になってきた弟も、まだまだ幼く母の温もりが必要だ。

けれど、俺は。

『……母の育った環境にも興味がありましたし、また新しいことを知る良い機会です。俺は大丈夫です』

半分本当で、半分は嘘だ。

大丈夫なんかじゃない、俺だって怖かった。けれど……。

『井の中の蛙でいてはならんぞ。広い世界を見ると良い。多くを学び、多くの考えを知り、そなたが是と思うものを選ぶのじゃ』

『いのなかの……？　なにそれ、よくわかんない』

まだ喋りの辿々《たどたど》しかった頃にかけられた、母の言葉。

狭い世界でこれが全てだと判断するなということを言いたかったのだと知ったのは、母が亡くなった後のこと。

今思えば、キサラギ皇国という閉ざされた国から飛び出した曽祖母の言葉だったのかもしれない。その時の俺は、その母の言葉だけを心の支えに国を出た。

だから、胸に響いたんだ。

『新しいものと古いもの、そして国外のものが共存できる国を作れば良いのですから』

違うものだと排除するのではなく、それを受け入れること、そこから新しいものが生まれることだってあるのだと当然のように口にした彼女の言葉が。

多くを学び、多くの考えを知り、自分で選んで創り出す。

自分がこれまでやってきたことが無駄ではないのだと、言ってもらえた気がした。


セザンヌ王国に渡ってからは、様々な驚きと発見の日々だった。

国の外に出たからこそ見えるものも多かった。

母はキサラギ皇国の媛が嫁いだ公爵家の、直系の娘だった。

母の生家の者達もとても良くしてくれたし、母同士が従兄弟だという、同い年のセザンヌの第三王子とも馬が合った。

親族と接することや生家で過ごすことで、あちらこちらで母の気配を感じることもできたし、友人もそれなりにできたから、寂しさをあまり感じなくなった。

そういう意味ではここに送ってくれた父に感謝したい。

公爵家の人間は、基本的には穏やかな気性の者が多い家系で、俺のこともずっとここにいても良いと言ってくれた。

無理をして後継者争いをする必要はないと。

しかし、中には母のような過激……いや感情豊かな者もおり、その親族達は第一王子は俺だぞとルクレール王国に抗議すれば良い！　と憤慨していた。

俺はどちらの選択肢も与えてくれる親族の態度が、とても嬉しかった。

そうしていつしか、考えるようになった。

俺はこの先、どうしたいのだろうかと。

ルクレール王国の第一王子であることを主張し、王太子となるべく国に戻るのか。

もしくは王位は諦め、弟の補佐役として国を守るのか。

それとも、母国に混乱を招くようなことはせず、このセザンヌ王国で穏やかな暮らしを続けるのか。

『たわけめ、自分の頭で考えんか。人に決められなければ動けぬような男になるなよ』

もう十数年前、そんな風に母に怒られたことがあったような気がした。

父と義母からも、後継者についての争いはずいぶん落ち着きを見せてきたが、追い出しておいて無理矢理連れ戻すようなことはしない、意志を尊重すると言われている。

ならば、今のルクレール王国の現状を自分の目で見て、決めたいと思った。

遠くから見えるものもあるが、近くでしか見えないものもある。

『国とは人じゃ。そなたも一国の王子を名乗る者ならば、ゆめゆめ忘れるでないぞ。そなたの一挙一動で民の人生がまるっと変わってしまうのじゃ。思慮深くあらねばならん』

もう朧げだと思っていた母の言葉が、最近になって突然こうやって思い起こされることがある。

それは天《そら》から俺を見守ってくれている母からのメッセージなのかもしれない。

それにしても、感情の起伏が大きい母には言われたくはないと反論したくなる台詞だ。

そう考えると、自然と吹き出してしまった。

自分が立場を主張することが国を乱すことになるのならば、レオナールという名を、もう二度と使わないことも覚悟しなければ。

そうして俺は、公爵家の分家の姓を借りて、レオ・アングラードとしてルクレール王国へ還ることを決めた。


『あれ、知らなかったのかい？　私も一緒に行くんだよ？　嬉しいだろう』

公爵家の力を借りて、ルクレール王国の学園に留学することになった。

出立の二日前、友人であるセザンヌ王国第三王子のフェリクスがそんなことを言い出した。

ちなみに俺は今年二十一歳になるが、留学という名目で特別に編入させてもらうことになっていた。

どうやらフェリクスも同じ手を使って編入するつもりらしい。

突拍子もない発言に、なにを馬鹿なと顔を顰めれば、フェリクスは婚約者の母国を知ることも大切なことだからなどと言う。

ただ愛しの婚約者と過ごす時間を増やしたいだけだろうと呟くと、あははと曖昧に笑われた。

『まあまあ。それを否定はしないけれど。でもね、君が心配なのもある』

友人からの思わぬ言葉は嬉しかったが、それを素直に表に出すことはできず、好きにしろと素っ気なく返した。

『それに、君があちらに残るつもりならば、お相手も探さないといけないからね。君は顔が良いから嫌というほど向こうから寄ってくるけれど、誰も相手にしていないだろう？　そういう免疫《めんえき》も見る目もないだろうから、僕がきちんと精査してあげるよ』

『余計なお世話だ』

イラッとしてそう答えたものの、フェリクスの言うことは正しかった。

もしも王太子となることを決意するならば、それなりの縁談が必要だ。

自然と、学園に通う令嬢達が候補となる可能性もある。

『異母兄弟も、同い年の婚約者がいるんだろう？』

『興味ないな』

そう言ってはみたものの、弟のことが気にならないわけがなかった。

どのように育ったのだろう、幼い頃に別れてしまったからずいぶん変わってはしまっただろうが、会いたい。

また兄と呼んで慕ってもらえる日が来るのだろうか。

兄貴面するなと言われてしまうかもしれない。

そもそも、兄だと名乗らずに終わる可能性だってある。

願わくばあの頃のまま、父や義母に愛されて元気で素直に育っていてほしい。

複雑な思いを持ちながらも、そう思わずにはいられなかった。


期待と不安が入り交じる中ルクレール王国へと帰還して一か月、俺は未だに決断できずにいた。

というのも、弟のことがあったからだ。

どうやらあの素直でかわいらしかった弟は、ずいぶん甘やかされて育ったらしく、傲慢《ごうまん》とまではいかずとも、少し奔放さが目についた。

婚約者であるリュミエール公爵令嬢ではなく、ブランシャール男爵令嬢にかなり入れ込んでいたのだ。

確かにブランシャール男爵令嬢は小柄で庇護欲《ひごよく》を掻き立てるかわいらしい風貌をしている。

それに対してリュミエール公爵令嬢は長身に少しキツめの顔立ち、恐らく好みの問題があるのだろうが、弟はこの婚約に不満を持っているようだった。

だからといって、王族と公爵家の婚約をそう軽く見てはいけない。

それがなぜ分からないのだと思わず深いため息が漏れた。

『ずいぶんとお悩みだね。まあ、あんな様子じゃ仕方ないか』

フェリクスが窓の外へとちらりと視線をやった先には、ブランシャール男爵令嬢と仲睦まじくおしゃべりを楽しむ弟の姿があった。

『不肖の身内を持つと、苦労するねぇ。けれど、そろそろ気の迷いでは済まされなくなってきたよ。リュミエール公爵令嬢に対して、不満をぶつけ始めたらしい』

なにをやっているんだあいつは……とまた深いため息が漏れた。

『公爵家を本格的に怒らせる前に、どうにかしなくてはね。というか、これはもう君が継ぐしかないんじゃないか？』

他人事のように言われてまた眉を顰めたが、確かにこれでは俺の意志がどうこうという話ではない気がする。

しかし、俺こそ王子としての責任を放棄しているから人のことは言えないな。

せめて公爵令嬢との関係がなんとか改善されれば良いのだが……。

恋をしろとは言わない。互いに尊重し合える間柄になれれば。

それが、王族の婚姻に求められるものなのだから。

では自分はと考えて、そこで思考を止めた。

まさか自分に限って恋に溺れることはないだろう。

この時は、そう思っていたから。


そんな弟の婚約者の豹変《ひょうへん》は、なんの前触れもなく訪れた。

そしてその知らせは、またたく間に学園中に広まった。

聞くところによると、婚約者である弟から叱責《しっせき》を受けたショックが原因ではないかという話が信憑性が高かった。

まあ悪い方向に変わったわけではないようなので、あとは弟が少し歩み寄ってくれれば改善されるかもしれない、それくらいにしか思っていなかった。

それがまさか後日、偶然の出会いを果たすなんて思いもしなかった。

初めて言葉を交わした弟の婚約者は、噂通り少し前とは印象が変わっていた。

そして、他の貴族令嬢とは全く違う。

だから、ほんの少し興味を持った。

武術の試験に意欲を見せていたからかもしれない。

少しだけ、母を思い出した。


あらゆる実技試験で興味深い結果を見せてくれたリュミエール公爵令嬢、セレナ嬢には、その後も興味をそそられた。

魔法に精通しており、武術の心得もある。

それでいて菓子作りなども行い、感情がくるくると変わり、まるで普通の令嬢達とは違う。

あの黒い菓子もそうだったが、彼女と関わる度に母を思い出す。

似ているようで似ていない。

全く予想外の言動をする彼女から、目が離せなくなっていた。

そんな彼女と、偶然視察しに出ていた市井《しせい》で出会い、彼女の友人達に休ませてやってほしいと頼まれ、お茶を飲む機会に恵まれた。

相変わらず彼女は飄々としていて、弟のことをどう思っているのか聞いても、あっけらかんと愛していないと答えた。

それなのに、一瞬だけ憂いの表情を見せられて、俺の胸はざわついた。

『この先なにが起きても、できればわたくしのことを嫌わないで頂きたいですわ……』

彼女はなにを考えているのだろう？

そして、なにを背負っているのか。

その心の不安を取り除いてやりたいと思った。

そんな資格、自分にはないのに。

その日、帰寮するとキサラギ皇国の使者が助けを求めてきたとの知らせが入った。

親交のあるセザンヌ王国の王子であるフェリクスに助言をもらいたいとの便りが届くと共に、俺にも父と義母から文が届いた。

国の大事、力を貸してくれないかと。

それに俺の中には多少なりともキサラギ皇国の血が流れている。

十数年セザンヌの親族達と関わって、少しだけキサラギ皇国について知ったこともある。

王子として曖昧なことをしている自分がそんな大事に関わって良いのかとも思ったが、だからこそこんな時くらいはと王宮に行くことを決めた。

そしてなんと、ここでもセレナ嬢に会うことになった。

この件を任された彼女の兄が、妹はキサラギ皇国の伝統舞踊に心得があると父や義母に報告したからだ。

あの黒い菓子、それに舞踊まで？

なぜ彼女がと思いはしたが、使者達をもてなすのに力を貸してもらえると心強いのは確かだ。

さらに、長旅の使者達を気遣ってキサラギ皇国の主食である米を使った料理で、怪我人に負担のない消化に良いものにも心当たりがあると言う。

本来関係のない彼女の手を借りすぎるのも心苦しいが、とても助かることには違いないため、頼むことになった。

かと思えば、次の日にはなんと国内でも屈指の医師と魔術師を唸《うな》らせるほどの治療魔法を披露してくれた。

彼女のことだ、予定よりも早く到着した怪我人の重篤さを見て、自分にできることをしたいと思った結果なのだろう。

俺が弟の暴走を止めようと室内に入った時にはもう、全て終わってしまっていたが。

その後、別室で事情を聞くことになったのだが、弟は相変わらず自分本位な主張をするだけだった。

部屋にいた誰もが呆れていると、彼女の様子が変わった。

愛していないと言いながらも、やはり彼女は傷付いているのだ。

それはそうだろう、自分の婚約者に睨まれ、批判をぶつけられてきた。

そのうえ目の前で浮気相手とのやり取りを見せつけられているのだから。

震える彼女を守りたいと思ったけれど、彼女が頼ったのは俺ではなかった。

彼女をかわいがっている兄に縋るのは当然だろう。

そんなこと分かっている。

それなのに、なぜ俺がショックを受けているのか。

その答えには、もうとっくに気付いていた。

『何度目か分からないけど、もう一度言おうか？』

フェリクスに幾度となく言われ、毎度否定してきたが、もう誤魔化せなかった。

『挽回する』

みっともなく逃げ続けてきた自分にそんな資格はないのかもしれない。

けれど、この時俺は決心したのだ。

自分の手で、国も、大切な人も、護りたいと。

そして、自分の決意を告げるべく、父の執務室へと歩き始めた。


次の日。朝から王宮に呼び出された彼女は、目を少し腫らしていた。

昨日、泣いたのだろう。

それでもこうして気持ちを立て直して、登城してくれた。

もうなんともないという彼女に使者の容体を話せば、ぱっと表情を明るくして喜びを表した。

不安もあったけれどやれることをやって良かった、昨日話していた米料理も作りたいと言ってくれて、そのひたむきな姿に思わず頬が緩んだ。

彼女に負けたくない。

今まで逃げてきた分、これから努力しなければいけないな。

遅いかもしれない。

けれど、間に合うかもしれない。

可能性があるなら諦めたくない。

『〝逃げるが勝ち〟という言葉もあるからの。逃げるのは悪いことではないが、その後どうするかが肝心じゃぞ？』

いったん退いて終局において勝利を収めれば良いということだと、セザンヌ王国に滞在していた際、母の兄弟から聞いた。

『勝利のためには、なりふり構っていられないな』

呑気にしていると、全部彼女に持っていかれてしまう気がする。

突拍子もない彼女の言動を見るのも、それはそれで楽しいけれど。

そうくしゃりと笑って、俺は今日も父と義母を訪ねた。


父と義母と話をつけ、そして彼女の兄であるランスロット殿にも正体を明かした後、そろそろオカユとかいう料理を振る舞っている頃かと思い、ふたりで使者達の部屋を訪ねると、扉を開けた瞬間目に飛び込んできたのは、驚きの場面だった。

『ありがとう。感謝している』

セレナ嬢の目の前に立ち、その繊細な手を握って自身の額に寄せる、レイという使者の姿。

俺もランスロット殿も、しばらく固まってしまうくらいに驚いた。

その後に湧き上がってきたのは、苛立ち。

『……いつまでそうしているおつもりですか？』

大切な賓客だ、努めて笑顔を作ったつもりだったが、こめかみがぴくぴくと痙攣していたと思う。そしてそれは隣のランスロット殿も同じだったようで、怒りが隠し切れていなかった。

そんな俺達の醸《かも》し出す空気に気付いているのかいないのか、レイ殿はセレナ嬢に婚約者がいるという言葉に反応した。

アンリという女性の使者に、お相手は俺かと聞かれた時に違うと答えるのは、正直ものすごく嫌な気分だった。

セレナ嬢も沈んだ表情をしており、弟と上手くいっていないことを憂えたのかもしれなかった。

そんな妹の様子を気遣ってか、ランスロット殿が料理のことへと話を変えた。

あれは、以前食べた……。おはぎ、というのか。

ランスロット殿が含みを持たせたことを話すと、レイ殿の視線が俺へと向けられた。

『セザンヌ王国からの留学生らしいですよ？』

分かっているくせに、どうやらセレナ嬢とは違い、この公爵家の嫡男はなかなか良い性格をしているらしい。

しばらく三人で睨み合っていると、不意にランスロット殿がセレナ嬢に退室を促した。

予想外の光景にすっかり忘れてしまっていたが、本来の目的は使者達と話をすることだ。

本題に入らねば。

心配そうな様子のセレナ嬢のことは気になるが、今はこちらを優先させるべきだ。

控えめな音を立てて扉が閉じられると、レイ殿の雰囲気が一変した。

『それで？　大切な話とはなんですか？』

丁寧な口調だが、その声には覇気のようなものを感じる。

彼は、只者ではない。

『……私はレオナール・ルクレール。この国の、第一王子です』

『それはそれは。わざわざ挨拶に出向いて下さり、感謝いたします』

恐らく小細工など通用しない。

恩人であるセレナ嬢に対する態度とは、全く違う。

疑いの目、試してやろうという表情をしている。

キサラギ皇国の者は、恩義に厚い一方でとても慎重で疑い深い性格をしている。

そして礼節と誠実さを重んじる。

恐らく彼もまた、下手に隠し事をしたりすると即座に俺を切り捨ててしまう気がする。

『わずかではありますが、キサラギ皇国の血も引いております。あなた達が墓参りに行った媛君の、子孫です』

そこでぴくりとレイ殿の表情が変わった。

『なるほど。腹違いの第二王子との後継者争いを避けるために、セザンヌ王国に逃されていたのでしたね。さて、それを我々に告げて、どうしようというのです？』

逃げた先まではそう知られていないはずなのに、そんな情報まで掴んでいたのかと舌を巻きつつ、ここで引くわけにはいかないと気を引き締める。

『……もう、逃げるのは終わりにした。あなた方とこうして出会えたのも、なにかの縁。キサラギ皇国に、俺の立太子《りったいし》を後押ししてほしいと思っています』

俺に交渉できる材料は、ほとんどない。

彼らの気を引くことができるのは、唯一俺の中に流れるキサラギの血。

『今の俺は、ほとんどなにも持っていない。しかし、守りたいものができたのです。もしあなた方が、この先ルクレール王国と繋がりを持とうとするなら、どうしたって次代の王が愚王であってほしくないと思うはずです』

そこでレイ殿は眉間に皺を寄せ、話の先を促した。

キサラギ皇国が恩を感じて多少なりとも親交を持とうとするだろうという意味もあるが、俺は親族に聞いたことがあった。

キサラギ皇国は、閉鎖的な考えの者ばかりではないのだと。

彼らが見せるちょっとした姿からは、この国に興味を持っているように感じられた。

『ですから、今すぐにでなくても良いのです。この滞在中、そしてこれからの私を見て、親交国の王太子に相応しくないと思われたなら、仕方がありません。しかし、そうでないのなら』

共に、国を良い方向に導けるような繋がりを持ちたい。

互いの良いところを認め合い、新しいものが生まれるかもしれない。

古き良きものと新しいもの、そのどちらも大切にしていきたい。

『私は、曽祖母の愛した国と、話がしたいと思うのです』

これが、俺が交渉できる全て。

『……ふむ。第一王子殿下のお考えは、良く分かった』

それまで黙って耳を傾けていたレイ殿が、ここでようやく口を開いた。

『それについては要検討、とだけ伝えておこうか。それとひとつ、私からの課題だ』

そうして彼は、自分の本当の名はレイゲツだ、帰国までにその正体を暴いてみろと変な課題を出してきた。

そのうえ、幾分口調が横柄《おうへい》なものになった気がする。

なんのことだかさっぱりだったが、今になって考えると、その態度すらも課題のヒントだったのだなと思う。

まあ、俺がその答えに気付けたのは、セレナ嬢のおかげなのだが。

その後は別の話題になった。

セレナ嬢の婚約者とは誰だだの、相手を連れてこいだの、彼女ならキサラギ皇国に来ても良いだの、ほとんどがセレナ嬢の話題なのに、俺とランスロット殿は苛々していた。

大した意味はないとか言っていたが、確実に興味を持たれている。

アンリという使者がにやにやと俺達のやり取りを眺めているのに気付いたのは、少し時間が経ってからだった。

まあこちらが素直に伝えた分、彼らも一歩歩み寄ってくれたのだろうとは思うので、喜ばしいことなのだろうが。

しかしよく考えてみれば、レイゲツ殿と俺は遠い親戚にあたるのだ。

もし俺が王太子として認められたなら、彼とももっと話をしていきたい。

互いに王と皇帝となった時に穏やかな関係を持てると良いなと、そうなれるようにこれから努力しなければなと、また新たな決意をしたのだった。

◆◆◆

レオ様は、自分の生い立ちや王太子を目指すと決意したこと、そしてわたくしがいない間にレイゲツ様達と話したことなどをお話しして下さいました。

「…………」

「セレナ嬢？　……そうだな、すまない。急にこんなことを言われても困るな」

「いえ、違うのです！」

寂しそうな顔をして体を引こうとしたレオ様の袖を、きゅっと摘んで引き止めます。

困ったわけではなく、わたくしは……！

「申し訳ありません、まさか四つも年の離れた大先輩だとはつゆ知らず！」

「……は？」

焦ったわたくしの発言に、レオ様は目が点になってしまいました。

「いえ、わたくしレオ様もフェリクス殿下も十九歳だと思っておりましたの。少し年上、くらいの感覚でおりましたので、その、今まで少々馴れ馴れしくしてしまって、ご不快な思いをされてはいないでしょうか……？」

まさか二十歳を超えた大人の男性だったなんて！

前世基準ではありますが、未成年と成人とではずいぶん違った印象になりますもの。

ああでも、確か前世では十八歳から成人扱いに変わったのでしたわ。

いえ、それでもお酒は変わらず二十歳からでしたし、やはり大違いですわ！

「ええと、俺の話を聞いてまず思ったことがそれなのか？」

「ええ。わたくしったら、今まで大変な失礼を」

戸惑うレオ様を見ていると、逆にこちらは少し冷静になってきました。

ああそうですわ、きっとレオ様は年の差なんて気にしない類のお方なのですね。

ですがわたくし前世の記憶が戻ってからというもの、長幼の序というものが気になって仕方がないんですの。

やはりお年を召された方にはそれなりの敬意を払わなければいけませんし……。

「みっともないとか、いまさらそんなこと言っても遅いとか、そんなことは思わなかったのか⁉」

「はい？　そんなこと思うわけありませんわ」

レオ様ったら、なんてお門違いなことをおっしゃるのでしょう。

「むしろ、幼い頃にそのような環境に置かれましたのに、捻くれることなく真っ直ぐご成長なされて、素晴らしいと思いました。自分の不遇を人のせいにする者、逃げるだけで考えることすら放棄する者、そんな人間も多いのですよ」

わたくし前世では、日本舞踊で様々な演目をこなして参りました。

日本舞踊とは、能や歌舞伎の影響を濃く受けて生まれたものですが、その中には歴史上の人物が出てくるものも多く、愚かな帝や権力者が出てくるものもあります。

ですが、レオ様はそんな物語の愚者達とはまるで違いますわ。

「これではいけない、どうすれば良いのかと自問自答しながら迷って、なにがいけないのです？　それに、レオ様は変に虚勢《きょせい》を張ることも、本当の心を偽ることもしておりません」

レイゲツ様にだって、事実を正確に話さなくても良かったはず。

自分はなにも持っていないと認め、正直に明かすことができる人間は、どのくらいいるものなのでしょう。

レイゲツ様は、言い訳などせず、ただ真っ直ぐに助けを求めたレオ様の誠実さを気に入ったのではないでしょうか。

「きっと、前王妃様やセザンヌ王国のご親戚達がとても良い方ばかりだったのですね。ご友人のフェリクス殿下も、とても素敵な方ですもの。〝類は友を呼ぶ〟と申します。レオ様のお人柄こそが、素敵な方々を惹き付けたのだと思いますよ」

もしも傲慢な人間だったら。

自分の立場だけを主張し、驕《おご》り高ぶる人間だったら。

努力することを怠る人間だったら。

皆様は、レオ様を助けようと思われたでしょうか？

「うーん、やはり前王妃様の教育が良かったのでしょうね！　お亡くなりになってからも、時折その言葉を思い出していたとおっしゃっていましたね。きっと天《そら》から見守って下さっているのでしょう」

そっと立ち上がり、東屋から外に出て穏やかな秋の空を見上げます。

夏の真っ青な空のような清々しさはありません。

けれど、豊かな実りを願うような優しさに溢れています。

レオ様もわたくしの後を追うように立ち上がりましたが、東屋に出る、その一歩手前で立ち止まりました。

「……しかし俺は、母上が言っていた〝井の中の蛙〟でしかなかったと自分で思っている」

「まあ、なぜそう思うのです？」

くるりと振り返り、未だ東屋の中にいるレオ様を見つめます。

「結局、狭い世界でしか物事を見られなかったからだ」

おまえのような深い知識も持っていないしなと、どこか自嘲めいてレオ様が答えます。

まあ、レオ様ってばそんなに俯いて。

わたくしの知識など、前世の記憶があるから知っているというだけのものばかりですのに。

「〝井の中の蛙　大海を知らず〟ですか。わたくしが知っているその言葉には、続きがあるのです」

体格の良い男性が背を丸めて俯き落ち込んでいる姿がかわいらしいだなんて、第一王子殿下に対して失礼ですわね。

けれど、この人の助けになりたい。

励まして差し上げたいという、優しい気持ちにさせてくれる方です。

「〝されど空の深さを知る〟。だからこそ、ひとつのことを深くまで知ることができる。真っ直ぐに見つめることができる。その志の高さを感じることができる。色んな意味に取ることができますね」

この空はどこまで深いでしょうか。

淡い色合いの空は、どこまでも優しい。

「そしてあなたは逃げたとおっしゃいましたね。それでも、その狭い井戸から出る勇気をお持ちでした。高く跳ぶためには、ぐっとしゃがみ込む必要があるのです」

しゃがみ込んで、それでも井の中から出ない選択肢もあった。けれどレオ様は、そこから出て新しい世界を知り、新しい自分を作っていこうと決心されたのです。

「その心が高潔であることを、わたくし達は知っています。どうか怖がらないで下さい。あなたの周りには、たくさんの人がおりますわ」

レオ様に向かって手を伸ばします。

するとレオ様は一瞬ためらう様子を見せましたが、そっとその手をわたくしのそれに重ねてくれました。

そして東屋の外側《こちら》に一歩出ると、その普段は涼やかな顔をくしゃりと歪ませているのが、穏やかな日差しに照らされます。

不安なこともあるでしょう。

辛いことも、悲しいことも。

けれど、あなたはひとりではありません。

まだなにも持っていないのならば、これから築き上げれば良い。

周りに助けてくれる人がいれば、それは叶うはず。

ひとりの力でできることなど、そう多くはありません。

その誠実さを忘れなければ、あなたは人に愛され、助けられる国王になれるはず。

「きっと前王妃様……お母上も、天《そら》からあなたを助けて下さいますわ」

「……ありがとう」

「どういたしまして。……え、きゃっ！」

感謝の言葉に笑顔で返せば、その逞《たくま》しい胸に体を引き寄せられました。

「あ、あの！　レオ様？」

「頼む、しばらく、このままで」

びっくりしてもぞもぞと体を捩《よじ》ると、耳元で微かに震える声がしました。

……泣いていらっしゃるのでしょうか？

微力ではありますが、わたくしの言葉が少しでもレオ様のお心を慰めることができたのなら良いのですが。

それにしても、時々母上様の言葉を思い出すなんて、わたくしとレオ様は似ていますわね。

お互い、素敵な母に恵まれました。

縋るように、けれどわたくしを壊さないようにと優しく抱き締めるレオ様に、わたくしも大人しく待つことにしました。

肩越しに見える秋の空は、とても美しく。

リオネル殿下のこともありますし、これで一件落着とはいかないはずです。

恐らくこれから冬の時代が来るでしょう。

けれど、その先には温かな春が来ることを信じて。

「大丈夫、レオ様にならできるはずです」

その時、あなたの側にいられないということだけが、心残りではありますけれど。

閑話＊ヒロインと乙女ゲーム＊

使者が帰国したその日、ミアはリオネルを待つ間、王宮の一室でひとり呆けていた。

「今になって思い出したけど……あのレオって留学生、続編の攻略対象者じゃない？　使者のレイって男も」

前世、この乙女ゲームの続編の情報は発売日まで小出しにされていて、自分が知ることができたのは、攻略対象者達のシルエットと名前のみ。

よく考えてみれば、あのシルエットとふたりの姿はぴったりと当てはまる。

レオ、レイという名前から察するに、本当の名前は確かレオナールとレイゲツだった気がする。

「ん？　レオナールって……この国の第一王子の名前じゃない⁉」

なんてことだ、モブにしては顔の良いやたらと影のある男だと思っていたら、なんと続編の攻略対象者、しかもリオネルの兄だったとは。

「続編でも一作目とヒロインは変わらないはずだったんだけど……見事にどっちの攻略者もセレナ様に持ってかれちゃったわね」

まあ別に自分にはリオネルがいるから良いのだけれど。

どうせ誰も見ていないからと、行儀悪く背伸びをした。

「それにしても……あの断罪イベントをやろうなんて、セレナ様は本気なのかしら」

自分がプレイしていたゲームの中の、最大の山場となるイベント。

それが学園のクリスマスダンスパーティーで行われる、断罪イベントだ。

このイベントは、リオネル以外の攻略対象者を選んだ場合にも起きる。

ちなみにその他の攻略対象者とは、ランスロット、エリオット、ライアン、フェリクスの四人だ。

まあ簡単に言えば、ヒロインと攻略対象者達が寄ってたかってセレナを批判し、断罪しようというものである。

ゲームをプレイしていた時は意地悪な悪役令嬢相手のざまぁにスカッとしたものだが、セレナを相手にそれをするとなると、想像するだけでモヤモヤする。

「まあ、対象者全員セレナ様に好感を抱いてそうだし、兄ふたりに至っては完全に妹馬鹿《シスコン》だもの。寄ってたかって批判はありえないわね」

エリオットには直接会ったことがないが、昨日行われたキサラギ皇国の使者を歓迎する宴で、妹の舞を涙を流しながら見ていたとリオネルが言っていた。

護衛としてどうなのかと思ったが、その後あった襲撃には迅速に対応し、かなりご活躍だったらしい。

「それに、リオネルとあたしがセレナ様を断罪しようと声を上げても、誰も聞く耳持たないと思うんだけど……。自分が周りにどう思われているのか、分かってるのかしら」

ゲームとは違って、今のセレナはかなり学園の令息令嬢達から支持されている。

数か月前、突然人が変わったセレナをはじめは遠巻きに見ていた者達も、少しずつ彼女の言動を見たり実際に接したりするうちに温かい目で見るようになった。

武術の実技試験での凛々《りり》しい騎士服姿に心ときめかせる令嬢は多く、クッキー作りの件以降、セレナがやっているならとお菓子作りが流行るようになり、そのうえファンクラブなるものまで生まれた。

女の結束とは強いものだ。

敵に回したら恐い。

「逆にあたし達が追放されるんじゃ……」

その姿を想像して、ゾッとした。

自慢ではないが、令嬢達に良く思われていない自覚はある。

セレナを庇い自分達を批判する令嬢集団の姿が、あまりにもリアルにイメージできた。

そもそも今回の活躍で、王宮におけるセレナの人気も爆上がりのはずだ。

そんなセレナと第二王子であるリオネルの婚約破棄など、王宮が許すはずがない。

「やっぱり無理。レオナールだって黙ってないだろうし……あ。ちょっと待って」

自分の好みではないが、セレナに対してだけ優しい表情をする第一王子の姿を思い出し、はたと思い立った。

「すまない、待たせた。父と母にこっぴどく説教されて……」

ひとり考えを纏めていると、そこにリオネルが現れた。

キラキラとした金髪に透き通るような碧眼《へきがん》。

自分の好みど真ん中の、麗しの王子様。

好感度を上げると盲目なまでに自分を信じ、好きだと言ってくれるリオネルのことが、ミア
……いや、エミリアは大好きだった。

病気になってちょっと会わなくなったくらいで自分を忘れてしまった友達。

かわいそうにと泣くだけで、自分の我儘をほいほいと聞き入れ、自分を腫れ物扱いする両親。

自分を好きだと言ってくれる人が、現実世界にどれだけいるのだろう。

そんな薄っぺらい人間関係なんて、必要ない。

前世の自分にとって、リオネルが心の支えだったのだ。

「でも、それじゃいけなかったのね」

リオネルの顔を見て、苦笑いを零す。

前世のエミリアは、自分の方から、辛いから、寂しいから側にいてほしいと言わなかった。

ごめんねも、ありがとうも、なにも言わなかった。

『わたくしは口しか出しませんから、ミアさんおひとりで、心を込めて作って下さいませ』

『ですから、一緒にわたくしと考えませんこと?』

あのちょっとズレた悪役令嬢の言葉が、嬉しかった。

一緒にやろうという言葉も、自分の力でやりなさいという言葉も、どちらもくれた人。

だからあたしも、ありがとうも、ごめんなさいも、どちらも言うことができた。

「……ね、リオネル」

もうリオネルのことをゲームの攻略対象者だなんて目で見ていない。

良いところも悪いところもあるけれど、それでも胸を張って好きだと言える相手だ。

いくらセレナが相手でも、身を引きたくなんてない。

「ちょっと相談があるの」

これは、皆が幸せになれるために考えたこと。

ゲームのイベントだからじゃない。

悪役令嬢にざまぁするためじゃない。

「一芝居、打ってみない?」

セレナも自分も、最後に一緒に笑えるように。

第6章 聖夜のドッキリ⁉　サプライズとは、こんなに素敵なものなのですね

それから月日が経ち、季節はすっかり冬へと移り変わりました。

わたくしはといえば、変わらず学園生活を楽しんでおり、今日もエマ様やジュリア様と昼食をご一緒しています。

「ダンスパーティーまであと一週間ですね。ジュリア様はどなたを招待したんですか？」

「母と妹を。妹も来年入学するんですけど、入学前に一度は来てみたいと言っていたので」

近頃はすっかり、おふたりのようにこの話題で持ちきりです。

毎年恒例のクリスマス当日に行われるダンスパーティー、そこには家族や婚約者など、生徒ひとりにつき二名まで招待することができるのです。

「エマ様はもちろん、ライアン様をご招待したんですよね？」

「ま、まあ……。あ、セレナ様、エリオット様もいらっしゃるんですよね⁉　ライアン様も喜びます！」

にまにま顔のジュリア様に、エマ様が必死に話を逸らそうとなさっていますが、顔が赤いで

すよ？

確かにエリオットお兄様と同級生ではありますが、お兄様がパーティーに参加するからといってフーリエ様は別に喜ばないと思いますが……。

王宮で行われたキサラギ皇国の使者を歓迎する宴が始まる前、わたくしの控室にいたエリオットお兄様を引きずっていくフーリエ様の姿を思い出しながら、そんなことを考えます。

ちなみにわたくしが招待した……というか、招待せざるを得なかったのは、ランスロットお兄様とエリオットお兄様のふたりです。

誰を招待しようかと迷っていたところに、ランスロットお兄様から「僕達が行くことになったから」と決定事項として言われてしまったので、仕方ありませんねと諦めたのです。

まあ家族くらいしか選択肢がありませんでしたので、別に不満はありません。

しかしお兄様達が〝断罪いべんと〟とやらの邪魔をしないか心配ですわね。

前世の記憶を取り戻してすぐ、悪役令嬢として婚約破棄され、平民落ちすることを目指すと伝えてはおりましたが……。

果たして、おふたりが納得しているかどうか。

それにしても、クリスマスといえば恋人達にとっての一大行事。

死ぬ間際に恋愛してみたかったと願い生まれ変わったのに、そんなパーティーで婚約破棄を待つ身だなんて、皮肉なものですね。

それに、それが終わったらレオ様とは――。

「セレナ様？　どうされたんですか？」

エマ様の声に、はっと顔を上げます。

「あ、ごめんなさい。少しぼおっとしてしまいましたわ」

いつの間にか深い思考の中に入ってしまっていたことを謝ります。

苦笑いすると、おふたりが心配そうにわたくしを覗き込んできました。

「本当に大丈夫ですか？　眉が下がってしまっていますよ？」

「セレナ様、気がかりなことがおありなら、私達に相談して下さいね」

「エマ様、ジュリア様……」

おふたりの優しい言葉に、胸がじんとしました。

「ありがとうございます。本当になんでもないんです。昨日ちょっと寝るのが遅くなっただけで」

そう誤魔化してはみたものの、おふたりにはきちんと、このクリスマスダンスパーティーで婚約破棄してもらうつもりだと伝えないといけないないなと思いました。

それが済んだら、恐らく今までのように学園にも来られなくなるでしょう。

おふたりとこうして過ごすのも、最後になっていきます。

それに、おふたりだけでなく、少し前からお菓子作りを通して仲良くなった方々とも会えなくなるのです。

今度は胸がぽっかりと空いたような気持ちになりました。

けれど、ミアさんとお話しして、決めたのです。

「あの、エマ様、ジュリア様……」

勇気を出して、おふたりにミアさんと話し合ったことを伝えました。

◆◆◆

昼食を終えた後、セレナは図書館に行きたいからと先に席を立った。

その背中を、エマとジュリアは複雑な顔をしながら見送る。

「……ね、これで良いんですかね？」

「無理をしているようにも見えますわ。セレナ様とお別れするのも辛いですが、このままリオネル殿下の婚約者で居続けるのも……」

詳しく知っているわけではないが、少し前セレナが王宮に何日か呼び出されていたことがあった。

そこでキサラギ皇国との繋がりを持つのに、セレナが活躍したとのことで、王宮での彼女の評価が急上昇したらしい。

半年ほど前までは彼女の資質を疑問視する声も多少あったのだが、ここ最近のセレナを見て、王子妃に相応しくないと言うような者はほとんどいない。

けれど、肝心の婚約者があれでは……。

「……まあね、ブランシャール男爵令嬢も、話してみると悪い子じゃないんですよね」

あのお菓子作り以来、ミアを見る周囲の目が変わっていた。

そして、ここ最近はミア自身も。

以前はリオネルと節操《せっそう》なくいちゃいちゃしていたり、周囲の反感を買うような場面があったりしていたのだが、ここ最近は節度を守っている。

リオネルも後先考えない行動がなくなり、思慮深くなった気がすると他の令嬢達が言っていた。

そんなふたりが一時の迷いではなく、互いを想い合っていることに気付いている者も多く、当のセレナもまた、リオネルにも王子妃にも特別な思いを持っていないと感じていた。

けれど、ならばミアを王子妃とすれば良いのではないかと、そんな簡単な話ではない。

第一王子が不在の中、第二王子まで公爵家の令嬢との婚約を破棄するなどといった愚行を見逃して良いわけがない。

もしかしたら王太子妃、ひいては未来の王妃になるかもしれないのだ。

そのための教育が一朝一夕で身に付くわけもないし、誇り高き公爵家を蔑《ないがし》ろにするわけにもいかない。

けれど、その公爵令嬢が実は王子妃に相応しくない振る舞いをしていたと断罪されれば……。

「皆が幸せになる方法って、ないんですかね……」

時々遠くにレオを見つけると、セレナが切なげな目をしてその場を離れようとすることを、ジュリアは知っていた。

そしてレオもまた、そんなセレナのうしろ姿をいつまでも見つめている。

そんなふたりが想い合っていることを、エマとジュリア以外の者もなんとなく分かっている。

だが彼は他国の、恐らく貴族。

婚約破棄された傷物の令嬢を選ぶことなど、彼の両親が許さないだろう。

「ごめんなさい、ちょっといいですか？」

自然と俯いてしまったエマとジュリアの頭上から、ひとつの影がかかった。

ふたりが顔を上げると、そこにいたのはなんとミアだった。

「おふたりにも、ぜひドッキリの仕掛け人になって頂きたくて」

楽しそうにパチンとウィンクするミアに、ふたりは怪訝な顔をしながらもとりあえず話を聞くことにしたのだった。

◆◆◆

おふたりにダンスパーティーでのシナリオをお話ししたものの、あまりに悲しそうな顔をされたのが居た堪れなくて、つい図書館に行くと言ってその場を離れてしまいました。

婚約破棄すること自体は反対されていないのですが、その後のわたくしの行く末を思ってあんな顔をされたのでしょう。

放課後になってからも、カフェに行かないかと誘われたのに、調べものの続きをしたいからと断ってしまいましたわ。

逃げていてもどうしようもないことは分かっていますけれど、おふたりの顔を見ると決心が鈍ってしまいそうで……。

とりあえずこのまま帰っては嘘をついたことになってしまいますし、図書館に向かいましょう。

学園は暖房器具が整っているため、廊下でも暖かいはずなのに。

リュカが側にいるとはいえ、こうして静かに歩いていると、肌寒く感じてしまいます。

その理由に自分でも気付いてはいますが、だからといってどうすることもできません。

不意に窓の外を眺めると、冷たい風に木々が揺らされていました。

優しい日差しが降り注ぐ春が来る頃には、もう自分はここにはいないのだと考えると、胸が痛みます。

「お嬢……」

「セレナ嬢？　なぜ、泣いているんだ？」

頬を伝う雫《しずく》を拭《ぬぐ》おうとした時、リュカと重なった声にぱっと振り向くと、そこにはレオ様がいました。

別れの日が近くなってきて、段々一緒にいるのが辛くなってしまい、最近は避けてしまうようになっていました。

けれどやはりこうして顔を合わせると、嬉しい、会いたかったと心が叫びます。

こんなことを思うなんて、わたくしはきっと……。

けれど、それに気付くのが遅すぎました。

「ご機嫌よう、レオ様。すみません、目にゴミが入ってしまったようで。なんでもありませんの」

だから、そんな自分の気持ちに気付かないふりをして、誤魔化すしかありません。

精一杯作ったわたくしの笑顔を見てレオ様は眉を顰めましたが、それについては触れずに、話がしたいとおっしゃいました。

エマ様とジュリア様の誘いを断った手前、お断りしようかとも思いましたが、レオ様の真剣な顔を見ながらそんなことは言えませんでした。

リュカに了解を得て、静かな所に行こうと連れられたのは、庭園のベンチ。

季節柄冷えるので、周囲にはどなたもいらっしゃいませんでしたが、レオ様が魔法で周囲の温度を上げて下さって、快適な空間を作って下さいました。

リュカは今回も気を遣ってくれて、声が聞こえない程度の距離のところに控えてくれました。

「あの、お話とは……？」

黙っていると胸の鼓動が聞こえてしまうような気がして、レオ様の隣に腰を下ろしてすぐ、わたくしはそう切り出しました。

「やっと、目を合わせてくれたな」

思いもよらない言葉に、え？　と首を傾げます。

「ずっと、避けて……まではいなくても、会っても挨拶程度で済まそうと振る舞っていただろう？　あまり目も合わなかったし……。あの時、情けない姿を見せてしまったからか？」

「情けない？　そんな風に思ったこと一度もありません！　レオ様はいつも素敵ですわ！」

ついそう声を荒らげてしまって、その後はたと我に返りました。

わ、わたくしったら一体なんてことを!!

きゃあああああ！　と赤くなった顔を手で覆います。

その間に一瞬見えたレオ様の、呆気にとられた顔！

恥ずかしいですわ！　居た堪れないですわぁぁぁぁ！

まるで顔から湯気が出ているのではと思うくらい顔が熱いです。

ひょっとしたらリュカにまで聞こえてしまったかもしれません。

ああもう、わたくしはなぜこう……！　とひとりでぐるぐると考えておりますと、隣からは
あっとため息をついた気配がしました。

呆れられてしまったのでしょうかと、恐る恐る指の隙間からレオ様の様子を窺うと、そのお
顔が真っ赤に染まっているのが見えました。

「～～っ、なんでおまえは、すぐにそうやって……！」

あああああ！　これは絶対呆れてますわ！

もういっそのこと逃げ出してしまいましょうかと真剣に悩み始めたその時、レオ様が咳払い
をしてこちらを向きました。

「と、とにかく！　そうホイホイと男の心を弄ぶような発言をするな。なんとも思われていな

いと分かっていても、すぐにグラつく生き物なんだ、男とは！」

「ほ、ホイホイ？　弄ぶ？」

混乱したわたくしの頭では、ちょっとなにをおっしゃっているのか分かりません。

とにかく失言だったということは認めて、仕切り直しましょう。

「申し訳ありません。ええと、ですがわたくし本当にレオ様を情けないと思ったことなど……。

ひょっとして、過去のお話をされた時のことをおっしゃっているのですか？」

わたくしに縋って泣いた時のことでしょうかと問えば、別に思い出さなくて良い！　と怒られてしまいました。

む、難しいですわ……。

「いや、すまない。そんなことを言うためにここに連れてきたわけじゃない。……礼を言いたかっただけなんだ」

どうしたら良いのかと悩んでいると、レオ様がそう言ってベンチの背にもたれ掛かりました。

「あれから、父や母、弟《リオネル》とも話をした。……あいつが、俺を兄だとちっとも気付いていなくて、少し可笑しかった」

それから、どのような話をしたのかをお話し下さいました。

セザンヌ王国ではなく、この国できちんと王子としてやっていきたいと思っていること。

そして、できることならば王太子となり、いずれ王となってこの国を支えたいと思っていること。

まだ未熟な自分を支えてほしいということ。

自分のことを嫌っているかもしれないが、リオネル殿下とは上手くやっていきたいと思っていること。

そんなことを、きちんとお伝えしたそうです。

「そんな話をしても、そう簡単に受け入れてもらえないだろうと思っていたのに、意外にも反対はされなかったんだ」

元々レオ様の母君を慕い、侍女として仕えておりました王妃様は、そうしてもらえるのならばこんなに嬉しいことはないとおっしゃったそうです。

まだ幼い王女殿下、第三王子殿下も、レオ様の立太子、そして自分達がその助けとなることに不満はないとのことです。

そして国王陛下は苦労をかけて申し訳なかったと泣いて謝られたそうです。

人々の話をよく聞くことを大切にしている陛下ではありますが、それゆえに強気に出て後継者争いを止められなかったことを悔いているのでしょう。

もちろん、陛下もレオ様の意志を尊重するとおっしゃったそうです。

そして、リオネル殿下は……。

「怒られて、泣かれた」

「おこ……？　な……？」

予想外の答えに、中途半端なオウム返しをしてしまいました。

よくよく話を聞くと、どうやら幼い頃に慕っていた兄が急にいなくなってしまったことで、色々拗らせてしまったようなのです。

まだ物心ついたかつかないかの年齢で、ショックを受けたのは当然でしょう。

そのうえ第二王子を担ぎ上げようとする輩に、兄上は本当はあなたを嫌っていただの、信頼を得てから裏切るつもりだっただの、良くないことを吹き込まれたのでした。

確かに、状況から考えて疑心暗鬼になるのも仕方ありません。

そうして自分にチヤホヤしてくるだけの連中に囲まれて育ってしまったのです。

それはちょっと、その……、よろしくない育ちをするやもしれませんわね。

「俺が戻らないならいずれとは思っていたが、自分は王位を継ぐことに固執しているわけではない、だが俺がひょっこり帰ってきていたくせに、知らせもくれなかったし他人のふりをしていたことは許せない。……などと言っていたな」

「まあ……。リオネル殿下もレオ様がお兄様だと気付かなかったのですから、お互い様なのではありませんか？」

「幼い頃の朧げな記憶しかなかったのだから仕方ないだろう、便りのひとつもくれなかったし、会いにも来てくれなかったんだから、全部それは俺のせいだ！　……と言われた」

どうやら相当兄馬鹿《ブラコン》を拗らせたようです。

わたくしのお兄様達もなかなかだと思っておりましたが、まさかこんな身近にそんな好敵手《こうてきしゅ》がいらっしゃったとは。

「父も義母も、子育てには少し失敗したかもなぁと言っていた……」

陛下、王妃様……。

分からないものですわね、国を良く治めている賢王でも、子育てに悩むのですから。

毎日お子様に向き合っている世のお母様方は偉大です。

「そんなあいつの心を解してくれたのが、ブランシャール男爵令嬢だったのだろう。彼女だけが、『あなたはどうしたいの？』と、あいつ自身の気持ちがどうなのかを聞いてくれたと言っていた」

リオネル殿下は、その立太子を望む派閥から耳触りの良い言葉だけを囁かれ、殿下はこう思いますよね、こうしたいですよねと勝手に決められてきたのだそうです。

そんな中、真っ直ぐ自分を見てくれるミアさんに惹かれた気持ちは良く分かります。

それにミアさんは本当に心からリオネル殿下のことを想ってらっしゃいますからね、その心が届いたこと、とても素敵だと思います。

「ふふ、リオネル殿下は素直になれていないようですが、ご家族とは和解したということですのね。おめでとうございます」

臣下や国民がレオ様の存在に納得するかは別ですが、とりあえず第一段階は突破したと考えて良いでしょう。

リオネル殿下が王太子とならないのであれば、男爵令嬢という下級貴族の出であるミアさんとの婚姻についても、許しても良いのではという声が出るでしょうし。

そして、そんなリオネル殿下とミアさんのためにも、わたくしはやはり悪役令嬢となるべきですね。

リオネル殿下も、ミアさんという素敵な女性と結婚し、和解したお兄様のレオ様とも協力して、きっと後には良い王弟殿下となられるでしょう。

わたくしとは相容れないままでしたが、根は悪くない方ですから。

そのためにも、ミアさんと打ち合わせた通りに、クリスマスダンスパーティーで婚約破棄を言い渡されましょう。

だから、きっとレオ様とこうしてお会いできるのも残りわずか。

もしかしたら、これが最後かもしれません。

そう考えると、胸がきゅっと痛み、目頭が熱くなってきてしまいました。

「なあセレナ嬢、俺と……」

「申し訳ありません、レオ様。わたくし急用を思い出してしまいましたわ」

涙目を隠すために、少しだけ視線を逸らして。

レオ様がなにか言いかけたのを遮って、わたくしは席を立ちました。

「レオ様、お礼を言いたいとおっしゃいましたが、わたくしには不要ですわ。今までのレオ様の努力と、お人柄あってこその結果ですもの。これからキサラギ皇国とも関わりを持つことになるかもしれませんし、どうか頑張って下さいませね」

滲みそうになる涙をこらえて、無理矢理笑顔を作ります。

アンリ様とお手紙のやり取りができるようになればとのお話をしたものの、キサラギ皇国の皆様とお会いする機会は、恐らくもう二度とないでしょう。

それに、エマ様やジュリア様、ミアさん。

この世界のお父様、お母様、お兄様方やリュカ、少しだけ仲良くなれた侍女達とも会えなくなります。

悪役令嬢を目指すと決めた時は、こんな気持ちになるだなんて思いもしませんでした。

それだけこの世界で大切なものを作れたということでもありますが、こんなことなら皆様と親しくしなければ良かったのかもしれないと、一瞬だけそう思ってしまいましたけれど。

それでもやはり、今までの大切な出会いをなかったことにはしたくありません。

いつの間にこんなに我儘になってしまったのでしょう。

「わたくし、いつまでもレオ様を応援していますわ」

できることなら、あなたの側でそうしたかった。

ですが、一週間後にわたくしはリオネル殿下の婚約者ではなくなります。

そして、貴族ではなくなります。

この学園にも、通えなくなります。

あなたとの接点が、なくなってしまうのです。

離れたくないと、素直にそう言える関係だったら良かったのに。

「慌ただしくて申し訳ありません。ご機嫌よう、レオ様」

せめて、あなたの記憶の中で少しでも綺麗な自分でいたくて。

泣いて縋りたい気持ちを押し殺して、わたくしは笑顔で別れを告げました。

◆◆◆

無理に笑顔を作るセレナになにも言えないまま、レオナールはその背を見送った。

その時、少し離れた場にいたリュカに呆れたような視線を向けられた気がしたが、それにもやはりなにも言えなかった。

ふたりの姿が見えなくなり、はあっと深いため息をついてベンチに座り込んだ、その時。

「ヘタレね」

耳元でそんな声が響いて、レオナールは跳び上がった。

「な、ななな！　ブランシャール男爵令嬢⁉」

「あーあ、続編のヒーローがまさかこんなヘタレだなんて。ガッカリだわ」

突然背後から現れたミアに、レオナールは座りながら後ずさりをした。

そんなレオナールをよそに、どかりと隣に座ったミアは、じろりとこの国の第一王子を睨んだ。

「どうですか？　あたしが言ったこと、当たっていたでしょう？」

「……確かに、セレナ嬢はここから離れようとしているように見えた」

数日前、実はミアはレオナールの元を訪れていた。

そしてセレナが自分達のために悪役令嬢となって、リオネルに婚約を破棄されるつもりでいるのだと告げた。

王子と公爵令嬢との婚約を破棄するためには、それ相応の理由がないといけない。

だからセレナの悪行を断罪するというお芝居を打つのだと。

あんな女に王子妃は務まらないと周囲に思わせるのだと。

しかもそのためのシナリオは、セレナが考え提案してきたものだと、台本まで見せてレオナールに伝えたのだ。

「しかし、そんなお芝居を誰が信じるんだ？　セレナ嬢の学園での評判はすこぶる高い。おまえ達の妄言だと言われるのが関の山だろう」

「言ってくれるわねこのヘタレ……」

誰がヘタレだ！　とレオナールは即座に返した。

しかし自分でもセレナ相手に上手くやれていない自覚があるので、その言葉はものすごく胸に刺さっていた。

けれど自分は自分で、慎重にいきたいと思っているのだ。

どうとも思っていない女達相手とは訳が違うのだという、自分のこの複雑な気持ちも分かってほしい。

「あたしだって今はもうそんな結末、望んでないわ。セレナ様ひとり悪役にして、自分達だけ幸せになろうだなんて」

少し前まではそうだった。

ここはゲームの世界で、周囲の人間はゲームの登場人物。

モブや悪役がどうなるかなんて、興味なかった。

好感度を上げるためにどう動いて良いかは熟知しているし、こんな人生イージーモードだと思っていた。

でも、違った。

ここは現実で、人には感情がある。

リオネルも、ゲームの中のリオネルじゃない。

優しいだけの彼じゃないことを知った。

それでも彼を支えたいと思ったし、一緒に生きたいと思った。

自分達を冷めた目で見てきた令嬢達のことを知らんぷりしてきたが、お菓子作りの一件以来、少しずつ話すようになった。

踏み出す勇気がなかっただけで、互いに歩み寄れば仲良くなれるのだと知った。

ああ友達ってこんなだったなあって、温かい気持ちを思い出した。

そして悪役令嬢のはずのセレナには、助けられたこともあったし、その予想のつかない言動に惹かれることも多く、今は友達になりたいとまで思っている。

「でもねぇ、だからってこんなヘタレにセレナ様を任せるのも心配なのよね……」

「おい、色んな意味でどういうことだ」

第一王子相手に遠慮なく暴言を吐くミアに、レオナールはこめかみをぴくぴくさせた。

（しかし、この女はなにかを知っている。認めたくはないが、セレナのことについて、少なくとも自分よりも）

「レオナール第一王子殿下」

ミアはきっと鋭い視線をレオナールに向けた。

「あたし、皆で幸せになりたいと思ってるんです。その中には、セレナ様ももちろん入ってる。あの人が平民落ちして皆と離れ離れになることを本当に望んでいるわけじゃないってこと、分かってますよね？」

その真剣な眼差しに、レオナールも神妙に頷く。

レオナールのことをどう思っているかは置いておいて、セレナが親しい友人や家族とまで別れたいと思うわけがない。

セレナは優しいから、きっとそうすることが最善だと考えたのだろうけれど。

「見たところ、殿下はセレナ様のことが好きみたいですけど。セレナ様のこと、ちゃんと幸せにできますか？　今のこの状態で王太子となることを決意したあなたと一緒になるということは、きっと相当な苦労をするはずです」

確かにそうだ。

ただでさえ王太子妃という立場は、多くのことを強《し》いられる。

そのうえ、まだレオナールはなんの功績も後ろ盾も持っていない。

その妃となる女性の苦労は、並大抵《たいてい》のものではないだろう。

『大丈夫ですわ、レオ様』

あっけらかんと、なんでもないことだというように笑う、セレナの姿がレオナールの頭をよぎる。

(こんな俺でも彼女となら乗り越えていける、彼女の笑顔を守りたい、共に支え合っていきたいと思ってしまったから)

「……絶対に幸せにするという約束はできない。なにを幸せと感じるかは、その人によって違うから。けれど、彼女に幸せだと思ってもらえるように努力はするし、俺が原因で彼女を悲しませることはしない。それだけは誓える」

というか、振られる可能性もあるから、不要な約束かもしれんがな。

半ばヤケクソにそう付け足すレオナールに、ミアは一拍おいた後、大爆笑した。

「あははははははは！　そうね、そうですよね！　妃になってもらえると確信しているような勘違い野郎じゃなかったことだけは褒めてあげます」

きゃはははは！　と、なおも笑いを収めないミアに、絶対に褒めていないだろうとレオナールは胡乱《うろん》な目をした。

(なぜ俺はこんな虚しい話をしなくてはいけないのか。むしろ俺があいつを幸せにできなくて、誰が幸せにできるって言うんだ？　くらい言ってやれば良かったのか。いや俺はそんな自信家ではないし、むしろ俺じゃなく、それこそキサラギ皇国のレイゲツや、あのリュカという侍従の方がよほど彼女を幸せにできるのではないか？）

しかし、そうは思うのだが、諦められないのだ。

彼女に側にいてほしい。

彼女と共に歩みたいと、レオナールは望んでしまったから。

「はーもうおっかしい……。見た目は俺様キャラなのに、中身は全然違うのね」

やっと落ち着いたらしいミアの目には、笑いすぎて涙すら滲んでいた。

見た目との違いがどうとか、そんなこと放っておいてほしいとレオナールは思う。

フェリクスにも『そんな女には困ってませんみたいな顔してるくせに、意外と純情だよね』と言われたことを思い出して、眉を顰めた。

（俺だって別に好きでこんな見た目をしているわけじゃない）

レオナールが変な敗北感に必死に堪えようとしているところを見て、ミアは今度は穏やかにくすりと笑った。

「でも、あなたのそういうところ、嫌いじゃありませんよ。なんだかセレナ様とお似合いな気がしてきました」

あのちょっと暴走気味なセレナに、これからも振り回されると良い。

きっと彼なら、仕方ないなと笑ってどこまでも付き合って、そして周りの人を笑顔にしていけるだろうとミアは思う。

「さて、それではあたしからの提案です。まあ、もうすでに何人かの協力者達からは了承を得ているので、殿下に拒否権はありませんけどね」

にっこりと、とても良い笑顔で迫るミアに、レオナールは拒否権がないのは提案とは言わないぞ……と呟くことしかできなかった――。

◆◆◆

それからあっという間に一週間が過ぎ去り、ついにクリスマスダンスパーティー当日となりました。

婚約破棄のお芝居については、なかなか言い出せなかった家族にもつい先日打ち明けました。皆様なにか言いたそうな顔をしていらっしゃいましたが、わたくしの意志を尊重すると言ってくれました。

ランスロットお兄様が『いつでも帰ってきていいんだからね？』と言って下さいましたが、王子に断罪され婚約破棄された娘など、公爵家にとってお荷物でしかありませんわ。

お兄様の気遣いにお礼は言いましたが、当初の予定通り、正式に婚約破棄が整い次第わたくしは公爵家を去ります。

そしてわたくしは平民となって、自由な生活を楽しむのです。

仕事を見つけて、新しい友人を作って、そして素敵な恋も見つけましょう。

全て予定通り、わたくしが望んだままです。

「その割には顔、暗いですよ」

「まあリュカ。ちょっと緊張して寝不足なだけですわ」

パーティー用のドレスに着替え侍女に髪を整えてもらっているところに、リュカの言葉が胸に刺さります。

「はぁ……。そんな顔するくらいなら、馬鹿馬鹿しいお芝居なんてやらなきゃ良いんですよ。お嬢が幸せになれるってんなら分かりますけどね、結局全部損するのはお嬢だけな感じで、胸糞悪いです」

「そ、そんなこと言わないで下さい。大丈夫です！　緊張しているだけで、わたくし今からわくわくしておりますから！　楽しみですのよ、平民ライフ！」

そんな風に宥めても、リュカの顰めっ面は治りません。

どうやら今日のリュカは機嫌が悪いようです。

朝からずっとムスッとしていますし、言葉もいつも以上に悪いです。

「大体あのヘタレは一体なにしてんだよ……」

「はい？　へたれ……さんとは、誰のことですの？」

突然知らない名前が出てきて誰かと聞き返したのに、リュカはなんでもないですとそっぽを向いてしまいました。

リュカはリュカなりに、わたくしを心配してくれているのでしょう。

「リュカ、ありがとうございます。あなたがわたくしの侍従になってくれたこと、本当に感謝していますわ」

まだ怜奈の記憶を思い出す前、リュカと出会った時のことを思い出します。

今以上に口が悪くて、人嫌いの猫のようだったリュカ。

けれどその瞳の輝きがとても強くて、美しくて。

『よろしくお願いします』

侍従となることが決まって、お嬢と呼ばれることが恥ずかしく思いながらも嬉しかった。

これまで色々と心配も迷惑もかけてしまいましたわね。

それもあと、今日一日だけ。

「今日、わたくしが無事成し遂げて帰ってきたら、笑って下さいね。やりましたね、お嬢！　って、いつもみたいに」

鏡越しにかけた言葉に返事は返ってきませんでした。

でもリュカなら、わたくしの望みを叶えてくれるはずです。

なんだかんだ言っていつもそうでしたから、最後の今日の我儘もきっと。

「さてお嬢様、出来上がりましたよ！　とおっっても美しいです！　まるで夜の女神様みたいです!!」

侍女の声に、静かに立ち上がって姿見の中の自分を見つめます。

黒から濃紺、藍、紫と続くグラデーションの美しいドレス。

所々に金と銀の輝きが散りばめられていて、露出が少ないにも関わらず、肢体の美しさをとてもよく見せてくれています。

化粧は元々のくっきりとした顔立ちを際立《きわだ》たせ、紅も自然な色ではない、赤いものを乗せました。

豪奢に纏めた髪も、ドレスや化粧の雰囲気にとても良く合っています。

いかにも悪役！　という迫力満点ですわね。

「……夜の女神様というより、女版魔王様降臨！　って感じじゃありませんか？」

「やだリュカってば、素敵！　それ採用！」

思わず口を出したリュカに、侍女はキラキラと目を輝かせます。

この発言、そしてわたくしの注文にしっかりと応えてくれたことを考えると、どうやらこの侍女は悪役系迫力美女がお好みのようです。

まあ日本舞踊や演劇でも、悪者の役が好き、演じていて楽しい！　という方もいらっしゃいますものね。

そう考えると、悪役令嬢も悪くありませんわ。

確認を終えたわたくしは、鏡に向かって思い切り笑い、そして表情を引き締めました。

「さあ、では参りましょうか、リュカ」

今世、一番の大舞台へ。

「それにしても、本当に悪役令嬢を演じるつもりなんだね」

「ふん。悪役だろうがなんだろうが、今宵のセレナよりも美しい令嬢なぞ会場にはいない。それは断言できる」

「おや、それについては同意見だよ。変な虫まで寄ってこないか心配だね」

「そんな虫は俺がたたっ斬ってやる」

「……あの、お兄様方。狭くはありませんの？　そして物騒なお話は止めて下さいませ」

会場の学園へと向かう馬車の中。

進行方向の席には、わたくしを真ん中にして、右側にランスロットお兄様、そして左側にはエリオットお兄様が座っていらっしゃいます。

……ぎゅうぎゅう詰めで。

ちなみに向かいの席には悠々とリュカがひとりで座っています。

どう考えてもふたりずつで座るべきですのに、わたくしの隣に座るのは俺だ僕だと、お兄様方が争いになられたのです。

結果、このような席となってしまいました。

……あら？　この配置、いつかの時もありましたわね。

ああ、わたくしが前世の記憶を思い出したと告白した時でしたか。

つい数か月前のことですのに、ずいぶんと昔のことのように感じられますわね……。

「良いじゃないか。こうして君と馬車に乗るのも最後になるかもしれないんだから」

そう言われてしまうと、もう拒否することなどできません。

仕方ないです、もうすぐで到着しますし、ここは我慢いたしましょう。

「ランスロット、おまえ……。よくもそんなことをいけしゃあしゃあと言えるな」

「ふふ、駄目だよエリオット。セレナとリュカはなにも知らないんだから」

いたずらに笑うランスロットお兄様とげんなりした様子のエリオットお兄様のやり取りに、わたくしとリュカは顔を見合わせて首を傾げました。

「まあとりあえず、僕達も君のお芝居を楽しみにしているよ」

「気に入らんこともあるが、まあおまえのためならば我慢しよう。しっかりやってこい」

なんでしょう、おふたりがとても協力的ですわ。

邪魔しかねないのではと思っていましたのに、意外でした。

ふたりの態度に目を丸くしていると、馬車がゆっくり止まりました。

「さあ着いたよ、今日の舞台に」

ランスロットお兄様が馬車の戸を開け、エリオットお兄様とふたり、先に降りました。

わたくしをエスコートしようとしてくれているのを見て、そっと腰を上げます。

「………ですよ」

降りる直前、リュカが何事かを呟きました。

「今日のお嬢、特別綺麗ですよ。悪役令嬢だろうが平民になろうが、俺はずっとあんたに付いていきます。だから、思いっ切り悔いのないように、やってきて下さい」

仕方ないなと言わんばかりのリュカに、目を見開いて驚いた後、おかしさが込み上げてきて自然と笑顔になりました。

「ありがとう。行ってきます！」

優しく背を押され、わたくしはお兄様方の手を取りました。

ここからのわたくしは、セレナでありセレナではありません。

今日、リオネル殿下に思い切り断罪され、婚約を破棄されるために来た悪役令嬢。

「参りましょう、お兄様」

悪女の仮面を被って、わたくしは一歩踏み出しました。


「あっ、セレナ様！」

会場に入るとすぐ、ジュリア様がフェリクス殿下と共にわたくしに声をかけて下さいました。

今日のドレスは、淡いラベンダー色の上品なデザインのものをお召しですのね。

いかにも淑女という風貌のジュリア様に、とても良く似合っています。

「僕が贈ったドレスなんだけど、ジュリアに似合うだろう？」

「はい、さすが殿下ですわ。ジュリア様に似合うものを良くご存知ですわね」

わたくしと殿下のやり取りに、ジュリア様が顔を真っ赤にしています。

「あ、セレナ様、ジュリア様！　……って、ジュリア様はどうされたんですか？」

「うふふ。照れていらっしゃるのですわ」

そこへエマ様がフーリエ様と並んでいらっしゃいました。

エマ様のドレスは深みのある緑色を基調とした、大人っぽいものです。

「いつもと雰囲気が違いますが、フーリエ様と並んでいるからでしょうか、女性らしさが際立って、とても素敵ですわね」

「おや、さすがにお目が高い。私が贈ったものでね、エマを美しく装えていたなら良かった。無骨な騎士だから、こういうことには疎《うと》くてね」

「も、もう！　おふたりとも、嬉しいですけど恥ずかしいから止めて下さい！」

そうしてエマ様も真っ赤になってしまいました。

婚約者と一緒にいる時のおふたりは、本当にかわいらしいです。

これが恋する乙女というものですわね。

わたくしも、いずれ……。

そこへ黒髪の彼の顔が浮かびそうになって、ぱっと頭を振りました。

「全く、君の妹だなんて信じられないな、エリオット。今日は大人しくしていてくれよ」

「うるさいぞライアン。残念だがセレナは正真正銘俺の美しすぎる妹だ。減るからあまり見るな！」

するとフーリエ様とエリオットお兄様が言い合っている姿が目に飛び込んできて、苦笑いしました。

こんなおふたりですが、けっこう馬が合うようなのですよね。

エマ様も楽しそうに笑っていらっしゃいますし、お兄様とも仲良くなって頂きたいですわ。

わいわいと話に花を咲かせていると、鮮やかな真っ赤なドレスが視界に入ってきました。

「セレナ様、ご機嫌よう」

「まあ、ヴィクトリア様。今日はまた一段と華やかな装いで」

侯爵令嬢であるヴィクトリア様は、まるで一輪の真っ赤な薔薇《ばら》のような艶やかなドレスを身に纏っています。

いいえ、クリスマスらしく、ポインセチアのようだと表現する方が良いでしょうか。

どちらにせよ、元々華やかな顔立ちの方ですから、鮮やかな赤色がとてもお似合いですわ。

「ヴィクトリア様の美しさを際立てるようなドレスですわね。とても素敵ですわ」

「あ、ありがとうございます。実は、わたくしの婚約者が贈って下さって……。今日は都合がつかなくて、来ていないのですけれど」

ドレスを褒めれば、ヴィクトリア様の頬がぽっと染まって、いつもきりっとした表情も緩みました。

まあ、ヴィクトリア様がこんなかわいらしい表情をされるなんて……。

確かお相手は王宮魔術師団に勤める侯爵家のご子息でしたわね。

この様子なら、きっととても仲睦まじいのでしょう。

にこにことそんなヴィクトリア様を眺めていると、話題を変えたかったのか、照れながら咳払いをされました。

「そ、それは置いておいて！　セレナ様、今日のあれ。楽しみにしていますわ」

あれ？

あれとはなんでしょう？

「今日の装い、すっかりなりきっておりますわね。普段とは違う雰囲気ですが、わたくしはとても素敵だと思いますわ！　ええ、とても楽しみにしておりますので、頑張って下さいませ！」

ヴィクトリア様がなにを言っているのか良く分からなかったのですが、あまりに勢い良く両手を掴まれ縦に振られたので、とりあえずはいと返事をしておきました。

そのまま至近距離でしばらく見つめられていたのですが、ヴィクトリア様はぽっとまた顔を赤らめると、それでは後ほど！　と去っていかれました。

……一体どういうことなのでしょう？

理解が追いつかなくて呆然としていたところに、周囲からざわりとした驚きの声が響きました。

ああ、ついにこの時がやって来ました。

ゆっくりと振り向くと、そこには予想していた通りのおふたりが。

まるでそのふたりのためだけに用意された舞台のように、人垣が割れて、色とりどりの衣装に身を包んだ皆様が左右に分かれて、ふたりとわたくしの間を空けました。

「セレナ・リュミエール公爵令嬢！」

声を荒らげてわたくしを呼ぶのは、リオネル殿下。

そして、見るからに王子様という麗しい容姿の殿下にぴったりと寄り添うのは、いかにも儚《はかな》げなヒロインのイメージにぴったりな、薄桃色のドレス姿のミアさん。

眉を下げて、まるでこれから始まる悪役令嬢の断罪劇を嘆くような表情、素晴らしいですわ。

「まあ、わたくしの愛しい婚約者のリオネル殿下。どうしたのですか、そんな恐いお顔をして」

どこからどう見ても、正義感溢れるヒーロー、情け深い可憐なヒロイン、そして破滅間近の悪役です。

婚約者なのにエスコートもして頂けない殿下を咎めるような、そしてその役を奪ったミアさんを憎むような視線を送り、次の台詞をどうぞと合図を出します。

「き、君との婚約は、今日限りで破棄とさせてもらう！　私の選ぶ妃は、このミア・ブランシャール男爵令嬢、ただひとりだ！」

わたくしの眼光に怯んだのか、殿下は少々語頭を詰まらせてしまいましたが、まあそれくらいは良しとしましょう。

「ご、ごめんなさいセレナ様！　あたし、リオネル様を止めたんです。でも、どうしても駄目だっておっしゃって……！」

対するミアさんは満点の出来ですわ。

涙目まで表現するなんて、素晴らしいですわね。

「……まあ、わたくしの聞き間違いかしら？　なんだかとてもおかしなことを言われた気がするのですけれど？」

さあ、ここからが正念場です。

ヒーローとヒロインに鮮やかに断罪され散る悪役令嬢役、華麗に務めさせて頂きますわ。

ぐっと足に力を入れ、倒れないようにとしっかり体を支えます。

母上様、わたくしが最後まで役になりきれるように、どうか見守っていて下さいませ。

「そ、そんなに皆の前でおまえの悪事を披露されたいのか⁉　えーと……忘れたとは言わせないぞ！　おまえ、ミアの持ち物を盗んで、中庭の池に捨てただろう！」

リオネル殿下、頑張って下さいませ。

必死に台詞を覚えたのが丸分かりで冷や冷やいたしますわ。

「違うの、あれはあたしが悪いの！　要らない物みたいに置いておいたから、きっとセレナ様は勘違いして……！」

それに比べて必死に殿下に縋りつくミアさんは、悪役令嬢を庇うヒロインの慈悲《じひ》深さが出ていて素敵ですわ！

「ああ、ミア！　君はなんて優しいんだ！」

そう言ってリオネル殿下はミアさんをしっかと抱き締めました。

殿下ったら、ミアさんを褒める台詞はとても上手でいらっしゃるのですね。

そのうえ、しかも可憐で怒った顔もかわいくて意外としっかりしていて……と、台本にない台詞までスラスラと口にしていますわ。

あまりに褒めるシーンが長くて、さすがにミアさんも「リオネル、次の台詞！」とこそこそと殿下をせっついています。

「そ、それだけじゃない！　おまえはミアを傷つけようと画策しただろう！」

お芝居中であること思い出した殿下は、気を取り直してわたくしに向かってびしっ！　と指を差しました。

「なんのことですの？　わたくしには身に覚えがありませんわ」

ここはミアさんに負けていられません、扇を口元に当てて表情を隠します。

このあたりで観客となられている皆様のお顔に、嫌悪感が滲み……あら？

気のせいでしょうか、皆様顔を顰めているというより、どうなってしまうのか行く末を見守っているような感じが……。

ちらちらとしか見ておりませんので、そんな気がするとしか言えないのですが、なんとなくおかしい気がします。

「この期に及んでそんなことを！　証拠は上がっているんだ、知らぬふりをしても無駄だ！」

あらあら、慣れてきたのかちょっと殿下が楽しそうです。

ですが、ここは自信満々に言って頂かなくてはいけないシーンですもの、結果的にはとても良いですわ。

視界の端でランスロットお兄様とエリオットお兄様がすごい目をしている様子が映りましたが、見なかったことにいたしましょう、次はわたくしの台詞です。

「くっ……！　もう誤魔化しても無駄だということですのね……！」

扇をぶるぶると震わせ、隠れているところまで表情を作ります。

観客の皆様もごくりと息を飲んでいるのが、空気で分かります。

「観念《かんねん》しろ！　そのような悪事を働くおまえは、私の妃に相応しくない！　婚約破棄を言い渡す！」

どやぁ……！　という効果音が聞こえてきそうな表情、見事ですわ殿下。

こんなことになるなんて……！　とわたくしを憐《あわ》れむミアさんの表情も完璧です。

ここでわたくしがミアさんに手を上げようとしたところを、殿下が止めて手首を捻り上げて抑えれば、この断罪劇は終わりです。

一度は言ってみたかったこの台詞。

渾身《こんしん》の悪役の魂を込めて、言い放ってみせますわ。

「この……！　泥棒猫!!」

きっ！　とミアさんを睨みます。

ああ、怯える表情もとてもかわいらしいですわ。

これが終わったら、わたくしもおふたりのように、唯一無二《ゆいいつむに》の恋人となれる方に出会いたいものです。

どうかお幸せに。

その胸の内とは裏腹の、憎しみを込めた表情を浮かべ、思い切り手を振り上げます。

リオネル殿下、きちんと受け止めて下さいませね！

失敗は許されませんわよ！　という気持ちを込めてミアさんの頬を打とうとした、その時。

「止めろ。そんな力で叩《はた》いたら、君の美しい手が傷つく」

わたくしの手を止め……いいえ、包み込んだのは、リオネル殿下ではない、別の方の大きな手でした。

背後からすっぽりと抱き締められるようにして、体ごと大きな腕に包まれてしまいました。

一体誰が……と思うことなく、わたくしにはその声だけで、わたくしの手を握るこの手が誰のものなのかが分かってしまいました。

「レオ、様……？」

「遅くなってすまないな」

思わず、わたくしの悪役令嬢の仮面は剥がれ落ちてしまいました。

ただただ予想外の出来事に呆然とするだけで。

手も表情も、すっかり力が抜けてしまいます。

「婚約破棄と言ったな、リオネル」

そんなわたくしの体をしっかりと支えて、レオ様はリオネル殿下を正面から見据えました。

「ならば俺にも、セレナ嬢に求婚する権利があるということだ」

きゃああっ!!　とご令嬢方から黄色い悲鳴が上がります。

「自分の浮気を棚に上げ、荒唐無稽な罪を擦り付けるようなおまえは、セレナ嬢には相応しくない」

そう言うとレオ様は、わたくしの正面に移動すると、なんと足元に跪いたのです。

「私の本当の名は、レオナール・ルクレール。このルクレール王国の第一王子です。セレナ・

リュミエール公爵令嬢。どうか私の妃となって頂きたい」

優しい表情と、真っ直ぐな言葉。

思わぬ告白に、わたくしの目からはぽろりと涙が零れました。

「わ、わたくしは悪役令嬢ですわ！」

「ああ、友人のために喜んで悪役になれる、とんでもないお人好しだがな」

「そ、それに婚約破棄されたばかりの身ですし！」

「おまえに非はないだろう。リオネルのことは気にするな、俺が兄としてこれからきっちり躾ける」

「ええと、第一王子妃など、わたくしには務まりませんわ！」

「王子妃教育もほぼ終え、学園の成績も優秀。魔法や武芸も嗜み、最近キサラギ皇国との外交にも一役買ったおまえが務まらないのなら、誰が務まるというんだ？」

つ、次から次へと……！

即座に言い返してくるレオ様に、次の言葉が出てこなくなります。

「……っ、ですが、わたくしは悪事を働いて……」

「悪事？　そんなもの、おまえがしたところを誰が見たって言うんだ？」

レオ様が横をちらりと見ると、周囲の皆様が揃ってふるふると首を振ります。

「おまえがしたのは、良かれと思ったことだけだろう？　自分の心のままに、そして誰かを思い遣る気持ちをもって」

エマ様やジュリア様、ヴィクトリア様のお顔が見えます。

この数か月で親しくなったご令嬢達も、温かい笑顔を浮かべています。

「わ、わたくし……でも、心から愛し愛される恋をしたいと思って……」

「それについては、おまえが俺を好きになってくれたら解決だな。俺のことなど嫌いだ、恋愛対象にならないと言われたらそれまでだが」

レオ様はどこか達観したような表情をされました。

なにかあったのですか？　と聞けるほど、今のわたくしに余裕はありません。

「そん……ませ……」

「どうした？　さすがにこの公衆の面前で振られるのはキツいからな、せめて考えさせて下さいとか、断り以外の言葉ならいくらでも聞くぞ」

声を詰まらせるわたくしを、レオ様が立ち上がって覗き込みます。

「そんなこと……心にもないこと、言いませんわ。わた、わたくしは……あなたのこと……」

ぽろぽろと流れる涙を必死に止めようとしますが、上手くいきません。

「擦るな、傷付く」

優しい掌の温度を頬に感じて、またじわりと涙が滲みます。

好きです。

囁くような、掠れた声でしか伝えられなかったこの言葉が、あなたに届いてほしい。

そう願って視線を上げれば、驚いたような顔が目に入ります。

ああ、良かった、伝わった。

それが嬉しくて泣きながら微笑むと、まるで顔を隠されるように抱き締められました。

「〜〜っ、その顔は、反則だ！　今はまずいから、後でふたりきりになってからにしてくれ！」

ぎゅうっとその広い胸に閉じ込められながら見えたレオ様の耳は、真っ赤で。

ああこれは演技ではなく、レオ様の本心なのですねと、ほっとして抱き締め返したのでした。

「「「す、素晴らしかったですわぁぁぁ！！！！！」」」

レオ様の胸の中でもしっかりと聞こえたのは、数人、いえ数十人の歓声でした。

「さすがはセレナ様、悪役の演技もとってもお上手ですのね！」

「本当に……！　あの悪いお顔も色気たっぷりで……お姉様と呼びそうになりましたわ！」

きゃあきゃあと頬を染めたご令嬢達が、今ほどの一連のわたくし達のやり取りを反芻《はんすう》なさっております。

……ええと、皆様、なにを……？

「今夜、セレナ様がリオネル殿下やブランシャール男爵令嬢とお芝居を演ると聞いて、楽しみにしていたのですが……まさか、こんなメッセージが隠されていたなんて、驚きでしたわ！」

ひとりのご令嬢の発言に、お芝居？　隠されたメッセージ？　と首を傾げます。

よくよく聞けば、どうやらこの会場のほとんどの方は、わたくし達が断罪劇をするということをご存知だったようなのです。

そう、周囲の方々にとっては本当に文字通りの〝お芝居〟。

しかも、その中身はわたくしの作った台本とは少し結末が違いました。

「まさかアングラード様が隠された第一王子殿下だったなんて！　しかもセレナ様と相思相愛、婚約者を交代すれば、リオネル殿下も好きな人と一緒になれるしでお互いハッピーエンドですよ！　と社交界に触れ回ってほしいということですわね！　承知いたしましたわ！」

「……はい？」

あるご令嬢の言葉に、わたくしはレオ様に抱き締められたまま、呆気にとられました。

「このお芝居は、そういうことでしょう？　安心して下さいセレナ様。私達、王宮にも地方にも顔が利きますのよ！」

また別のご令嬢がぐっと親指を立てて任せて下さい！　とウィンクをされました。

「良かったねセレナ。ここにいらっしゃる皆様が、君達の真実を混ぜた劇を見て、婚約者交代の協力をして下さるそうだよ」

それまで黙って見ていたランスロットお兄様は、そう言って周りの皆様にお願いいたしますと綺麗な所作でお礼をしました。

ええと、これはつまり……。

この学園には、家族や親戚が様々な要職に就いている貴族の令息令嬢達が集まっています。

その皆様が、リオネル殿下とわたくしの婚約を、レオ様とわたくし、リオネル殿下とミアさんの婚約に変更できるよう働きかけて下さるということのようです。

「まあ確かに、王子妃教育をほぼ終えているセレナが第一王子の婚約者になるなら、国としても別になんの問題もないしな。……俺はまだ認めていないが」

「そうだな、幸せになれないと分かって第二王子と一緒になるより、よほどその方が良いと思いますよ。王族としても損はないはずですし、そんなに反発もないのでは？」

エリオットお兄様とフーリエ様もそう言って下さり、そうだよなと戸惑っていた令息達もそれに同意し始めます。

「驚きはしましたが、アングラード……いえ、第一王子殿下のことはすごく良い人だなと思ってたし。リュミエール公爵令嬢も素敵な人なんだなって最近分かったので」

「あ、俺も困ってる時、アン……じゃなくて第一王子殿下に助けてもらったことあります！それぞれに好き同士がくっつくんだし、悪くないと思います。俺は協力しますよ」

王子殿下としてではなく、レオ様として学園で一緒に過ごされた中で、皆様レオ様のことを好意的に思ってくれていたのでしょう。

「それに無礼を承知で言わせてもらえば、好きな人のことで悩んだり嫉妬したりする姿にちょっと親近感覚えたってのもあります」

「ちょっとへたれてた時もあったけど、今日はすごく格好良かったです！　プライド高い完璧王子よりも、よっぽど良いよな」

それなー！　と盛り上がる令息達。

どうやらわたくしと違って、皆様はレオ様のお気持ちに気付いていたようです。

そんな皆様に、レオ様は喜んでいいのか悲しんでいいのか……という微妙な顔をされました。

そんなお姿もなんだか愛しくて。

ふふっと笑って、はしたないとは思いましたが、もう一度レオ様にぎゅっと抱き着きます。

「皆様レオ様のことを認めて下さったみたいですね。わたくしも、すごく嬉しいです」

きっと彼は愛される国王になる、周りに助けてもらって、周りも幸せにできる国王に。

「あたしの考えたシナリオ、大成功ね！　こういうの、日本語でなんて言うんだっけ？」

「ミアさん！」

リオネル殿下と寄り添いながらミアさんがこちらに来てくれました。

この口ぶりですと、周りの皆様に色々と働きかけて下さったのは、きっとミアさんなのでしょう。

「いくらあたしでも、こんな大勢に話を行き届かせるのは無理よ。ルノワール侯爵令嬢やオランジュ伯爵令嬢、ベランジェ侯爵令嬢にも協力してもらったの」

ぱっとジュリア様とエマ様、そしてヴィクトリア様を見ます。

お三方ともとても良い笑顔でわたくし達に拍手を贈って下さっています。

ああ、わたくしは本当に素敵な友人を持ちました。

「どう？　あんたが用意したシナリオなんかより、あたしの考えた方が極上のハッピーエンドでしょ？」

してやったり顔のミアさんに、負けましたわと苦笑いします。

「そうですわね、これは間違いなく、〝一件落着〟という言葉がぴったりですわ！」

そしてレオ様から離れて、ミアさんに抱き着きます。

「えっ⁉　ちょ、ちょっと⁉」

戸惑いじたばたするミアさんに逃げられないよう、ぎゅっと腕に力を込めて。

「ありがとうございます、わたくしの素敵なヒロイン……いえ、お友達！」

耳元で囁けば、あんたはまたそんなこっ恥ずかしいことを！　とミアさんに怒られてしまいました。

「おやおや、お姫様を盗られてしまったね？」

「うるさい！」

ミアさんの肩越しに、呆然とするレオ様に声をかけるフェリクス殿下が見えます。

そんなおふたりの姿がとてもおかしくて。

わたくしはこれ以上なく幸せな気持ちになって、笑ったのです。


母上様。

わたくし、恋というものがとても素敵でこんなに温かいものだということを、初めて知りました。

それだけじゃなくて、友情と親愛の素晴らしさも。

母上様を置いて早逝してしまったことは心苦しく思っておりますが、この世界に生まれ変わったこと、わたくしとても幸せだと思っております。

ですから母上様。

どうか、悲しまないで下さい。

やるじゃない！　って、笑って下さいませね――。

◆　◆　◆

「おい、良かったのか？」

「うん？　なにが？」

大団円の最中、エリオットは穏やかな表情でその様子を見つめるランスロットに声をかけた。

こんな時に水を差すようだが、ランスロットは以前、母親と共にこう言っていた。

『こちらに一切の咎なく婚約破棄できるよう、根回しします。その後の奴らの行く末につきましては――ご想像にお任せします』と。

「うーん、つい最近まではそのつもりだったんだけどねぇ」

軽い調子でそう言いながら、ランスロットはセレナから目を離さずにしばらく考えた。

「でも、セレナはそれを望んでいないだろう？　僕達が愚かだと切り捨てようとした者達までも掬い上げた」

ランスロットの目から見ても、以前と比べリオネルとミアは少し変わった。

今だってリオネルが公衆の面前でセレナにこれまでの言動を謝罪している。

そして彼女はそれをなんでもないことのように受け入れている。

「参ってしまうよ、こんなことをされて協力しないわけにはいかないからね。さあまた明日から忙しくなりそうだ」

セレナを蔑ろにする王族など、見切っても良いとさえ思っていた。

けれど、彼女がそうさせてはくれない。

「……あのふたり、いや王宮の連中もか。首の皮一枚で繋がったな。この国で一番敵に回してはいけないうちの兄貴の魔の手から逃れたこと、セレナに感謝しろよ」

誰にでもなく、エリオットが呟く。

そしてセレナの方を向く。

輪の中心で輝くような笑顔を咲かせる、妹を。

まだ納得のいかない部分もあるにはあるが、結果、これで良かったのだろうなとエリオットも笑った。

「さて、じゃあ行こうか」

「？　どこに？」

くるりと出口の方を向き歩き始めたランスロットを、エリオットは追った。

扉の少し前でぴたりと止まると、ランスロットは口を開く。

「外にも、セレナを案じる忠実な侍従が待っているからね。彼はきっと辞職してセレナについていこうと考えているだろうから。今頃辞職願いでも馬車の中で書いているのではと思ってね」

止めに行こうかと言うランスロットに、エリオットもははっと笑って同意した。

「どうせなら、ドッキリかましてやろうぜ」

「ああ、それ良いね。セレナが……！　って神妙な顔をして言葉を詰まらせれば、きっと彼、青褪《ざ》めてパニックになるよ」

そうして、ふたりは外で待つ憐れなドッキリの被害者（予定）の元へと向かう。

一部始終を見守り、そんな兄弟の悪戯の打ち合わせを聞いていた衛兵は、楽しそうだなぁ……と微笑ましい顔で見送ったのだった――。

エピローグ

あのクリスマスの断罪劇から二年。

わたくしは学園の最終学年となり、最後のクリスマスダンスパーティーの日を迎えました。

「ほらお嬢、そろそろ時間ですよ」

「ま、待って下さいリュカ！　わたくし、どこか変なところはありません？　というか、やはりこんな素敵なドレス、わたくしなどにはもったいなさすぎると言いますか……」

「レオナール殿下からの贈り物だろ！　あんたが着なくて誰が着るんですか!!」

今日もわたくしは、リュカを怒らせております。

ですが、本当にこのドレスはものすごく素敵なんですの。

この二年で少しずつ交流を持つようになったキサラギ皇国の布をふんだんに使い、花衣のデザインを取り入れた特注品。

お値段は恐ろしくて聞けませんわ。

「大丈夫ですよお嬢様！　とおっっってもお似合いですから！　あの二年前の女魔王様バージ

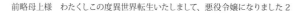

ョンも素敵でしたが、こちらも素敵すぎです！」

二年前に支度を手伝ってくれた侍女からもそう太鼓判を押され、少し落ち着いてきました。

なにしろ今日は、レオナール様がエスコートして下さるのですもの！

去年はご招待したものの立太子されたばかりで色々と忙しく、ご欠席となってしまったのです。

けれどわたくしの学園生活最後だから！　と今年は出席して下さるというのですから、みっともない姿は見せられないと思うのは当然のことです。

それに、もしかしたら王太子妃の座を狙う新たなヒロインが現れるやもしれませんし……！

「もう今や誰からも認められる立派な婚約者なんですから、いい加減その悪役令嬢思考止めたらどうですか？」

リュカのこの呆れ顔も相変わらずです。

「セレナ、第一王子殿下がお越しよ。早く出ていらっしゃい」

「まあ！　申し訳ありません、すぐ参りますわ！」

お母様から呼ばれ、慌てて部屋から出てエントランスへと向かいます。

レオナール様はこのドレスを褒めて下さるでしょうか。

お会いする前のこの胸のどきどきは、いつまで経っても変わりません。

階段を早足で下りると、そこには大好きな人の姿が。

「セレナ。久しぶりだな」

そして、わたくしを見つめる彼の眼差しもまた、変わらず優しいままで。

「お待たせいたしました、お会いしたかったですわ！」

はしたなくもそのまま階段を駆け下り、笑顔でレオナール様の元へと向かいます。

そうして抱き着くように駆け寄れば、しっかりとレオナール様がわたくしを受け止めて下さいました。

「俺も、会いたかった」

わたくしの、彼を愛しいと思うこの気持ちも、そして彼のわたくしを思う気持ちも。

この先ずっと、変わらずに――――。


前略　母上様　お元気ですか？

わたくしはこちらの世界にもずいぶんと慣れ、親しい友人もでき、毎日楽しく過ごしております。

この度悪役令嬢になりました……とご報告する予定でしたが、そうは上手くいきませんでしたの。

それどころか、この国の王太子様と恋に落ち、卒業後には王太子妃となることが決まっています。

至らぬことの多いわたくしに、王太子、レオナール様はとても良くして下さっています。

力不足は重々承知しておりますが、わたくしなりに精一杯、レオナール様とお国のために、尽力していくつもりです。

そしていつか、父上様と母上様のような夫婦になれたらと、そう願っております。
どうかこんなわたくしを、これからも見守っていて下さいね。
それではお体に気を付けて下さいませ。
いつまでも、わたくしは母上様を想っております。
かしこ

＊fin＊

乙女の秘密

クリスマスの断罪劇から数か月経った、ある春の日の昼下がり。

わたくしは大切なお友達とお茶会を楽しんでおりました。

「まあ、このお菓子、セレナ様の手作りなんですか？」

「ミタラシダンゴ？　へぇ……ん！　すっごく美味しいです！」

「ジュリア様とエマ様のお口に合ったみたいで良かったですわ。ふふ、わたくしもこの甘じょっぱい餡がとっても大好きなんですの」

幸せそうなお顔でみたらし団子を頬張るおふたりを見て、胸がほっこりと温かくなります。

近頃はすっかり暖かくなってきて、こうして外でお茶を楽しむことができるようになりました。

学園生活も順調ですし、卒業まではこうしてのんびりした時間をたくさん持ちたいものですわね。

「……で、なんであたしまで呼ばれてるんです？」

むっつりとした声の主の方を向くと、なんとかわいらしいお顔が歪んでいました。

「まあ、ミアさんたら、そんなお顔をしていてはせっかくの美少女が台無しですわよ？　ほら、笑って下さいませ。ジュリア様とエマ様もとても楽しみにしていたんですから」

そう、このお茶会の参加者は四名。

ジュリア様、エマ様、そしてミアさんとわたくしです。

あのクリスマスパーティの後、三人で仲良く断罪劇の打ち合わせをしていたのだと聞き、ずるいですわ！　わたくしもお仲間に入りたいです！　とわたくしが言い出して実現したのがこのお茶会なのです。

「まあまあ、良いじゃないですか。ミアさんとリオネル殿下の話も聞きたいですし！」

にこにことミアさんにそう言ったのは、エマ様です。

相変わらずフーリエ様とは仲良くやっているようで、とても良いことです。

「同い年って良いですわよね。学園でいつでも会えますし。うらやましいですわ……」

そう言ってため息をつくジュリア様は、この春フェリクス殿下が留学を終え、セザンヌ王国に帰国してしまい、遠距離恋愛となってしまいました。

定期的に文のやり取りをするなど変わらず仲睦まじくはあるのですが、やはり寂しいようですわね。

「うらやましいって……そりゃ、毎日顔を合わせられるのは嬉しいですよ？」

リオネル殿下の話が出て、ミアさんの眉間の皺が緩みました。

恋する乙女は好きな人のこととなると、表情に出てしまうものなのですね。

うふふと生温かい視線を送ると、ミアさんは照れたようにそんな目でこっち見ないで下さいよ！　と怒りました。

「まぁ冬の間に色々ありましたけど、リオネルも反省して思慮深くなったというか、大人になったなぁって思います。ブラコンだったのは意外でしたけど」

実はリオネル殿下は、先日正式に王位継承権を放棄しました。

兄君であるレオナール殿下が帰国したこと、自分が放棄してもまだ幼い弟王子がいること、そして今まで行ってきた王子として不適切な言動の責任を取ることを理由に。

「なんか、大好きだったお兄ちゃんだとずっと気付けなかったことが自分でだいぶショックだったみたいです。レオナール殿下にあたってしまったと後で落ち込んでましたよ」

あははと笑いながらミアさんが教えてくれます。

「でも、ほっとしたんだって言ってました。甘やかされてばかりだという自覚はあったから、こんな自分がもし王位を継ぐことになったらと考えると怖かったんですって。レオナール殿下の立太子が決まって、自分はそんな兄を支えられる人間になりたい、こんな自分だけれどついてきてほしいって言われました」

そう話すミアさんの顔はとても穏やかです。

きっと彼女なら、ずっとリオネル殿下の味方でいてくれるでしょう。

リオネル殿下を責める声はまだありますが、当時婚約者だったわたくしも、そんな彼を支えなくてはいけなかったのに、務めを果たしていなかったと言えます。

殿下だけを責めることはできませんわ。

リオネル殿下とミアさんのこれからを、わたくしも応援していきたいと思います。

「そういえば、おふたりはいつの間にそんなに仲良くなったんですか？」

「あ、それ聞きたいです。それと、セレナ様がキサラギ国について詳しかったことも不思議でしたし、あのクリスマスパーティーでのおふたりの会話に、良く分からない言葉が出てきていたのも気になります」

わたくし達の話を黙って聞いていたジュリア様とエマ様から、ぽつりと疑問の声が上がりました。

ええとそれは……。

わたくし達ふたりが、転生者だと伝える必要のある問いですわね。

わたくしはこのおふたりになら話しても別に構いませんが、ミア様のお考えも尊重しませんと。

ちらりと隣を見ると、ミアさんは戸惑うことなく口を開くところでした。

「あたし達、実は前世の記憶があるんです」

「え⁉」

「まあ！」

予想だにしていなかった言葉に、エマ様は思わず立ち上がり、ジュリア様は目を見開いて驚かれました。

「しかも、前世では同じ世界に住んでいたみたいで。あ、国は違っていたから、お互いの常識とか文化の違いはあるんですけど」

あっけらかんと答えるミアさんに、ふたりは呆然としています。

……あまりにざっくりしたお答えですわね。

さてどうお話ししましょうかと苦笑いしながら、わたくしは詳しいお話をするために、四人分のお茶のおかわりをカップに注ぐのでした。


「はぁ、なるほど。セレナ様が急に人が変わったようになったのも、これで納得がいきました」

「キサラギ皇国と似たお国ですか……。それではこのお菓子もそうなのですね」

長い話にはなりましたが、おふたりは腑に落ちたという表情でみたらし団子を眺めました。

「まあだからといって、なにが変わるということではありませんけどね。結果、とても良い結末になったのですし」

みたらし団子をぱくりと口に入れて、エマ様が頬を緩めます。

「そうですね。お話しして下さってありがとうございます。セレナ様もミアさんも、これからも仲良くして下さいね」

ジュリア様もそう言って、にこやかにお茶を口にします。

ああ、やはりおふたりにお話しして良かった。

信頼できるお友達とは、本当に素敵なものです。

ちらりと隣を見れば、満更でもない様子で別に良いわよと答えるミアさんの姿がありました。

「ね、あんたはレオナール殿下に話したの？」

「前世のことですか？　そういえば、そんなことを話す機会がありませんでしたね……」

お茶会の帰り、ブランシャール男爵家まで送るためにミアさんと馬車に乗っていたわたくしは、いまさらながらそのことに思い至りました。

俯いた表情のミアさんは、これまでに何度もリオネル殿下にその事実を打ち明けようか、迷ったことがあると言います。

けれど、ゲームの世界の登場人物だなんて言っても傷つけるだけではないかとか、だから俺のことを好きになったのかとか、そんなことを危惧して今まで話すことができなかったようです。

「……別に、ゲームのことは伝えなくても良いのではないかと。お話を聞くに、皆様ずいぶんと性格も違っているようですし、わたくし達はわたくし達ですわ。決められたシナリオ通りに動くキャラクターではありませんもの」

心を乱すだけのことは、徒《いたずら》に話す必要があると思えません。

「前世の記憶がある、だなんて最初は驚かれるかもしれませんが、リオネル殿下なら、ミアさんのことを受け止めて下さると思いますよ。あんなにも、あなたのことを想っていらっしゃるのですから」

ミアさんを見つめるリオネル殿下の目は、いつも優しかった。

役立たずな婚約者だったわたくしとは違って、きっとミアさんはこれまで、殿下の複雑な心を解きほぐしてこられたのでしょう。

「なかなか人に言えない秘密を打ち明けてくれたと、お喜びになるかと」

むしろジュリア様とエマ様に先を越されて嫉妬するのではないでしょうか。

「そう、かな。うん……話してみようかな……」

嫌われはしないだろうかと不安がるミアさんがとてもかわいらしくて、大丈夫ですよとその微かに震える手をぎゅっと握りました。


翌日。

「……昨日はお茶会だったらしいな」

「まあ、ご存知でしたの？　はい、ジュリア様にエマ様、ミアさんとご一緒しましたの。とても楽しかったですわ」

少し前に正式にレオナール殿下の婚約者として認められたわたくしは、こうして定期的に王宮でお会いすることができるようになりました。

留学終了というとおかしな話ですが、フェリクス殿下と同じく学園生活を終えたレオナール殿下とお会いできる機会は、以前ほど多くありませんので、わたくしにとって大切な時間となっています。

それにしても今日はご機嫌が悪いのでしょうか？

むすっとしていらっしゃいます。

「……オランジュ伯爵令嬢やルノワール侯爵令嬢はともかく、ブランシャール男爵令嬢まで……。いつの間にそんなに仲良くなったんだ？」

あら？　昨日も同じようなことを聞かれたような……。

「というか、正直に言えば少し前までおまえを蔑ろにしていた令嬢とばかり仲良くしているのが腑に落ちん。俺はなかなか会えないというのに、なぜ……！」

頭を抱え俯くレオナール殿下のつむじをじっと見つめます。

もしや、これはひょっとして……？

「クリスマスパーティーの時は男爵令嬢の話に乗ったが、ずっとなぜだと疑問に思っていたんだ。あのパーティーでも男爵令嬢に抱き着いていたし、輝くような笑顔を向けていた。俺がフェリクスになんと言われたか知っているか……⁉」

その時のことを思い出したのか、さらにぐっと頭を抱えてしまわれました。

『むしろジュリア様とエマ様に先を越されて嫉妬するのではないでしょうか』

嫉妬。

レオナール殿下がわたくしにヤキモチをやいて下さったのでしょうかと考えると、殿下には申し訳ないのですが、少しだけ嬉しくなってしまいます。

母上様、わたくし、こんなことを考えてしまうのは悪いことなのでしょうか。

でも不思議ですね、そうは思うのですが、なんだか心が温かく感じるのです。

実は前世の記憶があって、わたくしも殿下と同じように、敬愛《けいあい》する母上様の言葉を思い出しながらここまで来たのだと伝えれば、どんなお顔をされるでしょう。

ミアさんとのことも納得して、お許し下さるでしょうか。

ああそうですわ、家族やリュカ、ジュリア様やエマ様がすでにこのことを知っているとお伝えしたら、なぜ俺だけ知らないんだ！　と怒られてしまうかもしれませんね。

それだけわたくしのことを想って下さっているからだと、甘んじて受け入れましょう。

「そうですわね……少し長いお話になるのですが、聞いて頂けますか？」

ミアさんもきっと今頃、リオネル殿下に伝えているでしょう。

わたくし達がお友達になった経緯も、全て。

レオナール殿下のカップにおかわりのお茶を注ぎます。

これも昨日と同じですね。

おかしくなってしまって、くすりと笑いながら昨夜作ってきた菓子を殿下の前に差し出します。

「実はわたくし、いいえ、わたくし達、前世の記憶があるのです」

さあレオ様、覚悟はよろしくて？

母上様がどれだけわたくしを愛して下さっていたか、どれだけ素敵な方だったか。

それを語るには、それ相応のお時間お付き合い頂くことになりますわ。

思い出深いおはぎ……いいえ、彼岸は過ぎたもののこの季節ならぼたもちを頬張りながら、しっかりと聞いていて下さいませね。

話し終えた後、レオ様がどんなお顔をされるのか、今からとても楽しみですわ――――。

その時現れたのは、俺が知っているあいつではなかった。

確かに黙っていれば冷たさすら感じるほどの美貌の女だが、くるくるとよく変わる表情におかしな言動をする普段の彼女からは、天真爛漫というイメージしか持たなかった。

それがどうだ、見たこともない衣装に身を包み、化粧を変え表情を消した、だたそれだけで。

俺の知らない、清廉潔白《せいれんけっぱく》な、穢れなど知らない精霊のように見えた。

面差しは確かにセレナのものなのに、その表情も所作も、彼女のものではない。

セレナはそのまま滑るように歩き、定位置につくと身を伏せて礼をした。

そしてキサラギ皇国の使者が唱する唄が始まると、扇を開き、自身も笑んだ。

まるで硬く閉じていた蕾が、綻ぶように。

サクラ、という聞いたことのない名前をキサラギ皇国のふたりが口にする。

唄の中にも出てくるサクラとは、キサラギ皇国に咲く花なのかと思い至る。

きっと衣装と同じような薄紅色の、愛らしい花なのだろう。

母は見たことがあるのだろうか、見知らぬ異国の花に思いを馳《は》せる。

そうしているうちに一曲目が終わり、拍手を贈る間もなく二曲目が始まる。

いつの間にか手の中にあったはずの扇は木の枝を模した杖のようなものに変わっており、その先にも花が咲いていた。

二曲目もまた花の唄なのだろうか、かわいらしくも気品あるその杖に咲く花は、とてもセレナに似合っている気がした。

まるでなにかを祈るように。

りんと鈴の転がるような音をたてながら踊るセレナは、言葉では表現できない美しさで。

また、その衣を穏やかな春の風のようにはためかせ優雅に踊る姿が、俺の知らない遠くの国に咲き誇る花の精のようで。

手の届かない、高嶺の花だと思った。

◆

◆

◆

「リオネル」

「なんですか？」

「おまえあの宴の時、踊るセレナに見惚れていただろう」

ぶっ！　とリオネルが飲んでいた茶を吹き出した。

あの宴から一年。俺は王太子となり、リオネルは一連の責任を取って王位継承権を放棄した。

それが良かったことなのかは分からないが、ようやく弟のリオネルともこうして心穏やかに話せるようになり、ずっと気になっていたことを聞いてみることにしたのだ。

「ゲホゲホッ！　き、急になにを言い出すんですか⁉　いや、見惚れてなく……はなかったですが、いつの間にキサラギ皇国の舞をと驚いただけで、別に他意《たい》は……」

まあ見惚れるのも仕方ないよなと思いながらも、あたふたと言い訳のように話すリオネルに、少し面白くない気持ちになる。

「ミア嬢はどう思うのだろうな。恋人がまさか、元婚約者に見惚れていたなんて聞いたら……」

「……王太子殿下ともあろう方が、俺を脅すつもりですか？」

「まさか。ちょっとばかり願いを聞いてほしいだけだが？」

にっこりと笑う俺に、リオネルは嫌そうな顔をする。

こういう時、弟をからかうのは楽しいなと思う俺は、性格が悪いのかもしれない。

だが、何年も離れていた弟とようやく気安い話ができるようになったのだ、兄として少しくらい楽しんでも良いだろう。

「それで？　なにをお望みですか？」

眉根を寄せるリオネルは、願いの内容に警戒しているようだ。

全く、そんなに難しい要望ではないというのに、俺もまだまだ信用されていないようだなとため息をつく。

「そんな顔をしなくても良いじゃないか。なに、簡単なことだ」

にこにこ……いや、にやにやと笑みを零す俺に、リオネルは眉間の皺を深くした。

「〝兄上〟と呼んでくれないか？　あの頃のように」

「……は？」

予想外の願いだったのだろう、一転、リオネルは間抜けな顔で一時停止した。

それがあまりにおかしくて、俺は堪えきれずに吹き出した。

「くくっ、覚えていないかもしれないが、幼い頃は『あにうえー』と言いながら俺のうしろをちょこちょこついて歩いていただろう？　王太子殿下、なんて他人行儀な呼び方は止めて、私的な場では兄と呼んでほしくてな」

継承権を放棄して、リオネルなりに一線を引いたのかもしれないが、肉親の情まで切る必要はない。

公的な場ならばまだしも、こうした時にまで他人のように振る舞われるのは、正直言って寂しい。

せっかくセレナやミア嬢が兄弟として向き合う機会をくれたのだ、俺も目を逸らさずに向き合いたい。

「な、ななっ……そんなこと、別に大した話では……」

「そう、大した話ではないから、聞いてくれるだろう？」

逃げ道などやらんぞ？　と微笑めば、リオネルは真っ赤な顔をして口をぱくぱくと開閉する。

「う、わ、分かりました……」

「そうか！　分かってくれたか！　では練習してみよう、兄上と呼んでみると良い」

了承してくれたリオネルに、目を輝かせて催促してみたが、また嫌な顔をされた。

「それはまた次の機会に。俺は今から仕事がありますので」

「あ、ずるいぞリオネル！」

そそくさと逃げようとするリオネルを引き止めようと思ったが、耳まで真っ赤になってしまっていることに気付き、今日はこのくらいにしてやるかと手を引っ込めた。

まあ焦らなくても良いか。時間はいくらでもあるのだから。

「それと、最後に言っておきます」

大人しく見送るかと席を立つと、扉の前でリオネルが振り返った。

「俺が言えることではありませんが……セレナを大切にしてやって下さいね」

思いがけない言葉に、今度は俺が目を丸くする。

「今こうして俺達が話せるのも、キサラギ王国との交流をはじめ国が安定しているのも、兄上が戻ってきてくれて王太子となってくれたのも、全部、セレナが運んできてくれた幸運です」

今までにない穏やかな声で、リオネルがセレナを語る。

「俺の唯一ではありませんでしたが、兄上にとっては唯一無二の花だと断言できます。確かに俺は、あの宴で踊るセレナに見惚れました。しかし、俺の手には届かない遥か高みに咲き誇る花として、ですが」

そして今度はリオネルが俺を見てにっと笑う。

「高嶺の花を手折った責任は、きちんと取って下さいよ。どうか、幸せに。……本当に俺が言うことではないですけどね」

そしてひらひらと手を振って、リオネルは去っていった。

ひとり残された俺は、ぽかんと口を開けてしばらくそのまま呆けてしまった。

「……興味本位で手折ったわけではないからな、ちゃんと最期まで愛《め》で続けるさ」

様々な覚悟を持って、セレナと添い遂げたいと決めたのだ。

たとえこの先、他の虫達が美しい花に引き寄せられようとも。

「俺も、もっと精進しないとな」

花に嫌われてしまっては元も子もない。

愛想《あいそ》をつかされないよう、これまで以上に励むとするか。

「ん？　そういえばあいつ、俺のことを兄上とさらりと呼んでいたな。……ふっ、練習など必要なかったか」

言われた時に気付かなかったくらい、自然に呼んでいた。

今度会った時にも、また呼んでくれるだろうか。

「……なんだか無性にセレナに会いたくなったな。早めに仕事を終わらせて公爵家に行くか」

仕事をほっぽり出して会いに行っては怒られそうだからなと、真面目な婚約者の顔を思い出し、俺は執務室へと向かったのだった――。

王太子妃専属侍従のひとりごと

一緒にいたチビを蹴りつけた貴族の男が逃げ帰った後、少女は俺に向かってそう言った。

『ごめんなさい』

なぜ謝るのだろう？

こいつはなにも悪いことをしていないのに。

『わたし、なにもできなくて……おにいさまがきてくれてよかった……』

ぽろぽろと涙を流す少女の目がとても綺麗だと、俺はその場にそぐわないことを考える。

人のために涙を流すことのできる人間がいるのだと、俺はこの時初めて知った。

『いたかったよね、ごめんね』

苦労なんて知る由もない綺麗な少女の手が、薄汚れたチビ達の頭を撫でる。

その手が震えているのを見て、俺は思ったんだ。

俺こそなにもできなかった、もっと強くなりたい。

例えばそう、こんな心の綺麗な少女を守れるくらいに、強く――。

「夢、か」

俺はリュカ。

リュミエール公爵家に仕える侍従――を経て、この度めでたく王太子妃となった元リュミエール公爵令嬢・セレナお嬢様の専属侍従だ。

いやお嬢様という言い方は正しくないのだが、もう長年のクセでもあり、『もう私的な場ではお嬢呼びのままで良いのではありません？』という寛大な王太子妃サマのお言葉もあり、俺は未だにお嬢のことをお嬢と呼んでいる。

それにしても懐かしい夢を見た。

最近の激務でクマを作っていた俺を見かねて、お嬢が仮眠してきてはどうかと執務室の扉続きにある休憩室を貸してくれたのだが……。

それはもう、けっこうな時間眠ってしまっていたらしい。

時計を見て、もうこんな時間かよと欠伸をする。

隣の部屋からは人の気配がしない。

お嬢はどこかに呼び出されたのかと思いながら簡易ベッドから身を起こす。

ぼーっとしながら夢の内容を反芻していると、自然と苦笑いが零れた。

『あのさぁ！　おまえ、辛いことをそうやって笑って言うの、止めろよな』

『あと、〝自分なんて〟みたいなこと言うのも。聞いててムカつく』

今考えると、助けてくれた公爵家のお嬢様に怒りつけた当時十六歳の俺、命知らずだな。

普通なら即座に首を切られている。

物理的に。

ランスロット坊ちゃんとエリオット坊ちゃん、よく俺を生かしてくれたな……。

ははは、と自然と乾いた笑いが零れる。

あの後俺は、「公爵家に来てくれたら孤児院への援助を惜しまない」というランスロット坊っちゃんの言葉に乗せられて、お嬢の侍従になることを決めた。

孤児院は一応世話になった場所だし、勤めている大人もさほど悪い人間じゃなかったからな。

なにより、なにもできない俺が残るより、侍従として勤めてリュミエール公爵家の援助を受ける方がよほどチビ達のためになる。

……そうやって援助に目がくらんだこともあるが、あの優しいくせに自信のないお嬢をなんとかしてやりたいという気持ちもあった。

「結局前世の記憶を取り戻したことで、今や天然爆発最強の、誰もが認める立派な王太子妃になっちまったんだけど」

自分を含めた限られた人間にしか心を開かなかったお嬢。そんな彼女が変わってしまって、喪失感がなかったとはいえない。

俺はきっと、彼女にとって自分は特別な存在なのだと、仄暗い優越感に浸っていたのだ。

自信を持てと叱責しながらも、自分の手の届くところにいつまでもいてほしいと思っていた。

だから、どこかへ飛んでいってしまいそうな今のお嬢を、最初は認めたくなかったのかもしれない。

「いつの間にかそんな気持ち、なくなってたけど」

あの頃のお嬢とは違う、そう考えて一歩引こうとした。

けれど、できなかった。

何気ない仕草。

他人のことばかり考える癖。

その優しさ。

それらは全て、出会った時のあの頃と同じままで。

それでいて目が離せない言動に、惹かれずにはいられなかった。

いつの間にか、心から彼女の幸せを願うようになった。

「まあ、俺が幸せにしてやる！　と言えなかったところは、自業自得だよな……」

けれどこれで良かったのだと思う。

俺では彼女をあんな風には愛せなかった。

黒髪の鋭い雰囲気を持つ、意外にも繊細な心の持ち主である王太子殿下を思い出す。

弱いところを見せ、互いに支え合える、そんな比翼連理《ひよくれんり》のふたり。

「あのパーティーの夜、坊ちゃん達にドッキリ仕掛けられた時は、一瞬本気で殺意が芽生えたけどな」

パーティーでの大団円の後、『大変だリュカ！　セレナが……！』とかなんとか言ってランスロット坊ちゃんとエリオット坊ちゃんが俺のところに緊迫した表情でやって来た時のことを思い出す。

あの時俺は、希望通り婚約破棄されたお嬢と一緒に、平民暮らしでもなんでもやってやろうじゃねえか！　と辞職願を書いて馬車の中で待っていたんだ。

お嬢になにかあったのかと血の気が引き取り乱す俺に、大爆笑してネタバラシするふたりの顔は忘れない。

なにがあってもお嬢についていこうという俺の決意をからかいやがって。

公爵令息相手にそう思ってしまうあたり、結局今でも命知らずなところがあるということだろうか。

まあ今となってはそれも笑い話だけどな。

ははは と乾いた笑いを零すと、扉の外からぱたぱたと小走りする音が聞こえた。

「またあのお嬢は……」

はしたないと自分で言いつつも悪気なくそれを繰り返す主人に、はあ、とため息をつく。

元気なのはけっこうだが、なんだか嫌な予感しかしない。

「りゅ、リュカ！　起きておりますか!?　お休みのところ大変申し訳ございません！　大変ですの！　レオ様に……レオナール様に浮気疑惑が浮上しましたのっ！！！」

勢い良く開かれた扉から現れたお嬢の口から出たのは、そんな思いもよらない言葉。

「……は？」

思わず怪訝な顔をする俺のことなどお構いなしに、お嬢はそのままアまくし立てる。

「お付き合いを始めて二年半、婚姻の契りを交わして早三か月、ここに来てまさかの悪役令嬢……じゃなかった、悪役王太子妃の出番ですの!?」

……このお嬢、まだ悪役令嬢を引きずってやがる。

「けれどわたくし、もうレオナール様を諦めることなどできませんわ！」

「あのー」

「一生支え合い、添い遂げると神前でも誓いましたし」

「もしもし？」

「それに……もうヒロインにだって譲れませんもの！」

「人の話を聞け！」

さすがにイラッとして一喝すると、お嬢はぱちくりと目を瞬き、やっと俺の方を見た。

「良いですか、冷静になって下さい。あのへたれ……コホン、お嬢に一途な王太子殿下が浮気など、できるわけがないでしょう」

努めて静かな声で諭すように言えば、「そうですわよね……」とお嬢も少し冷静さを取り戻してきたようだ。

それでなぜ浮気だなんだという話になったのかと聞けば、王太子殿下の執務室を訪ねた際、驚かせようとそっと扉を開いた時に見てしまったのだと言う。

殿下にしなだれかかる、彼と同じくらいの長身の美女を。

「遠目で、しかも横顔だけでしたが、とてもお綺麗な方で。それで気が動転してしまって……」

「へえ。王太子殿下と同じくらいの背丈の美女ねぇ」

そう強調すると、はたと気付いたお嬢が顔を上げた。

「百九十センチほどもある殿下と同じくらい、ですか？」

「わ、わたくし確認して参りますわー!!」

慌ててUターンするお嬢を、やれやれと追うことにする。

執務室に戻り廊下へと続く扉を開けると、そこにはお嬢付きの侍女と王太子妃執務室担当の護衛の姿があった。

「冷静に状況を把握されるなんて、さすが王太子妃殿下の専属侍従ですね」

「暴走した王太子妃殿下を止めるのはリュカ様にしかできないことだと、もっぱらの噂ですよ？」

にこにこと俺を見つめるふたりに、眉根を寄せる。

「だからですか、王太子妃関係の面倒な仕事が俺に回ってくるのは……」

「「正解！」」とふたりが声を揃える。

「ってかリュカ兄のその丁寧語、慣れねぇや」

「本当、気持ちわるーい！」

軽口を叩くふたりにイラッとして、きゃははと笑う侍女の頬をつねる。

「ちょっ、痛い！　もう、リュカ兄止めてよ！」

「あのクソ貴族に蹴られた時よりも痛くねーだろうが」

先ほど夢に見ていた記憶の中のチビと、目の前の侍女の顔を比べる。

「その怒った時の顔、ちっとも変わってねーな」

「うるさいわよ！　セレナ様には『いつまでも変わらないところが安心する』って褒められてるんだから、ほっといて！」

まあずいぶんと時が経ったものだと思う。

あの時のチビ達が、孤児院を巣立ってリュミエール公爵家で見習いの騎士と侍女となり、今や王太子妃付きとなったのだから。

今の天然爆発お嬢になる前、公爵家の使用人にお嬢が遠巻きにされていた時も、このふたりだけは味方だった。

ふたりはまだ未熟で下っ端だったため側にはいられなかったが、陰ながらお嬢を心配し、守っていた。

「へいへい。とりあえずお嬢を回収してくる。どうせ長身の美女とやらも、フェリクス殿下のイタズラだろうしな」

昨日久しぶりに隣国から訪問してきた王太子殿下の友人の姿を思い浮かべる。

どことなくランスロット坊っちゃんと同じ匂いのするフェリクス殿下のことは、実は少々苦手だ。

「そうっすね。午後から孤児院の訪問が入ってるんでしょ？　ほら急いでよ、リュカ兄」

「うるせぇ！　部屋番のくせに俺を顎で使うな！」

「はいはい、専属侍従様。よろしくお願いいたします～」

覚えておけよ、と舌打ちしてその場を離れる。

今日は久しぶりにあの孤児院を訪問する。

あれ以来、リュミエール公爵家の援助のおかげで、孤児院の子ども達はなに不自由なく暮らしているらしい。

「またガキどもにまとわりつかれて髪が乱れそうだな……」

元気の良すぎるガキどもの姿を思い出し、まあそれも仕方ないな、と苦笑いを零す。

大切なあの場所には、今もたくさんの子ども達がいる。

先日ついにガキどもからおじさんと呼ばれてショックを受けた。

「まあそれだけ時が流れたってことだな」

いつまでも変わらないものがあり、変わっていくものもある。

けれど俺達は今を生きているし、後悔はしていない。

「お嬢、殿下、誤解は解けましたか？」

王太子殿下の執務室の扉を開ければ、花のように笑うお嬢がいた。

あなたの言う通りだったわ！　と嬉しそうな彼女を見ることができるだけで、俺の胸は温かくなる。

俺はその笑顔さえ守ることができたら、それで良いんだ。

だから。
これからも、ずっと。
あんたはずっと、俺の前では〝お嬢〟でいてくれよな。

拝啓　義母上様

『怜奈、あなたはずっと死ぬまでそうしているおつもり？』

最初は、もうわたくしのことは放っておいて！　と反抗しました。

『あのね、人間などいつかは死ぬ運命。それが短かろうが長かろうが、問題ではないのよ』

最愛の人を亡くした母上様が、そこで凛と笑いました。

『最期の時まで、精一杯生きたか。その人生を楽しんだか。それが大切だと、わたくしは思うのです』

そっとわたくしの手を取り、大きくなりましたねと呟きます。

『最期に楽しかったと思えるほど素敵な人生だったら、こんなに素晴らしいことはないわ。それだけやりたいことをやって、大切な人に囲まれたということよ。あなた、今死んだら、そう思えるのですか？』

そう、わたくしはまだ死んでいない。

やれることが、たくさんある。

まだ死んでいないのに、死ぬことを考えても仕方がないではありませんか。

それからわたくしは、それまで以上に人生を楽しむことにしました。

苦しいということは、生きているということ。

体調が良い時は、そのありがたみを知りました。

一瞬一瞬を大切にだなんて、病にかからなかったら、本当の意味で感じることはできなかった。

結局、幼子を庇って死んでしまったけれど。

あの子を助けたことに後悔はないし、わたくしは、怜奈としてのわたくしの生を懸命に生きました。


「本当に、強くて素晴らしい母君だったのだな」

「ふふ。そうでしょう?」

前世で自分が病にかかっていると知ったばかりの頃のことをふっと思い出し、レオナール様にお話をしていました。

王太子妃となってもうじき二年。

こちらの世界も雪の舞う季節になりました。

うっすらと雪化粧した王宮の庭園をふたりでゆっくりと歩きながら、あの頃の母上様の表情を思い浮かべます。

自分も辛かったはずなのに、母上様は私の前で泣き言を漏らすことは一度もありませんでした。

けれど、一緒に泣いてくれたことはあって。

その時が来るまでは、ふたりでたくさん幸せだねって笑い合いましょうと、いつも話していました。

『人の命など、綺羅星のようなもの。舞踊が受け継がれていくように、わたくし達も誰かの記憶に残るような生き方をしたいものですね』

穏やかに話す母上様の声が、今でも鮮やかに思い起こされます。

「人の記憶に残る、か。しかし後世で、愚王だったという記憶に残ることだけはしたくないな……」

意外と消極的なことを考えるレオナール様に、ぽかんと呆気にとられた後、あははと笑ってしまいました。

笑い事ではないぞと言いたげな表情のレオナール様がはあっと息をつきました。

真っ白な息がその口元から漏れるのを見て、厚着した私には丁度良いけれど、やはり気温が低いのですねとレオナール様の手をぎゅっと握ります。

「わたくし、実は季節の折に母上様にお手紙をしたためておりますの」

手紙？　と不思議そうにレオナール様が首を傾げます。

きっと届ける方法もないのになぜ？　と思っているのでしょう。

「きちんと封をした後、火に焼《く》べて空へと送るのです。わたくしが生きた世界では、死者に渡したいものがある時に、そのように届ける方法があるのです」

まあこの場合、わたくしの方が死者になるのですが。

「死ぬ間際、母上様にお手紙のひとつでもしたためておけば良かったと、後悔したのです。ですから、こうしてわたくしが新しい生を受け、新たな世界でも幸せに暮らしていると、伝えたくて」

自己満足と言われてしまえばそれまでですが、なんとなく、母上様に届いているような気がして。

「もしかして、わたくしの願いを叶えて下さった心の広い神様が、そんなオマケまでつけてくれているのではないかと、勝手に思っているのです」

そう言って、空を仰ぎ見ます。

今日はこの季節としては珍しいくらいの澄んだ空の色をしています。

わたくしは今こんなにも幸せだと、だから母上様もわたくしの死を悲しまず、笑っていてほしいと願ってやみません。

「うーん……ですが、悲しまず、は無理かもしれませんね」

「ああ、それは無理だろう」

そこでそっとレオナール様がわたくしのお腹を撫でます。

そのふっくらとしたお腹からは、ぐにゃりと押し出すような感触が。

「蹴られてしまったな。……俺は、この子を亡くして悲しむなと言われても無理な話だ」

「そうですわよね、わたくしもです。あ、また蹴られてしまいました」

まるで勝手に殺すな！　と怒っているかのようだ。

「ふふ、今日も元気で嬉しいです」

「あとふた月もすれば産まれるのか。待ち遠しいな」

わたくしのお腹に宿った、レオナール様との御子。

「ねえレオナール様、今度一緒にお手紙を書きませんか？　お空の義母上様に、レオナール様もしたためてみませんこと？」

「母にか……。柄ではないが、書いてみようか」

そう答えるレオナール様の手が、わたくしのお腹から手へと移動し、優しく包んでくれました。

「冷えてしまったな。そろそろ戻ろう」

そう言ってわたくしを労わるレオナール様の表情は、とても優しくて。

「わたくしからも、義母上様に書いてみたくなりましたわ」

わたくしも、その手をぎゅっと握り返しました。

「ならば俺も、セレナの母上に書かなくてはいけないな。異世界での手紙の書き方、教えてくれるか？」

素敵な言葉に頷きながら、ふたり並んで執務室へと戻ります。

「もちろんですわ！　あちらでは、女性と男性では書き出しが異なるのです。一例ですが――」

春はもう、すぐそこまでやって来ています。

新しい命が生まれ、わたくしも母となれば、いまだ憧れてやまない母上様に少しは近付けるでしょうか――。

◆　◆　◆

ある冬の小春日和。

ひとりの着物姿の女性がひとり、仏花を手に寺の墓地を訪れていた。

そしてひとつの墓石の前に立つと、そこに刻まれた愛しい名前を見つめた。

亡くすには早すぎた命。

しかし小さな命を守った、崇高な命。

彼女は、自分のたったひとりの娘を誇らしく思っていた。

けれど、それを亡くした悲しみはあまりに大きくて。

「……怜奈、わたくしが言った通り、あなたは最期の時まで精一杯生きたのにね」

それなのに。

母がこれでは情けないですねと、涙を滲ませ声を震えさせた。

ふと花や線香をあげる台を見ると、そこには封筒が二枚。

手紙？　と首を傾げながら女性はそれを手に取った。

そのひとつに、見慣れた、しかしもう二度と目にすることはないと思っていた筆跡の文字が書かれており、女性は目を見開いた。

まさかと呟きながら急いで封を切り、中の便箋に目を通していく。

その最後にたどり着く前に、つうっと頬に涙が伝った。

「……そう、幸せなのね。強い、母になりなさい」

わたくしを超えるような、強い母に。

口元に、久方ぶりの心からの笑みを浮かべる。

「もう一通は……まあ」

心当たりのない筆跡に、不思議そうに中身を見る。

まさか、こんな手紙をもらえるだなんて。

「ふふ、それにしても怜奈……いえ、セレナには、きちんと今のご両親にも筆忠実《ふでまめ》に連絡なさいと忠告しなくてはいけませんね」

あちらでかわいがって頂いているのは、今のご両親なのですからね。

少し寂しいような、嬉しいような。

そんな複雑で、けれど不快ではない気持ちに、また笑みが零れる。

「婿殿。どうかセレナを、幸せに。……いえ、一緒に幸せに、でしょうか」

少々無骨な字でしたためられた、セレナへの想いが詰まった手紙を眺めて、目を細める。

「素敵な人を、選びましたね」

ふと空を見上げると、だれかに母上様と、呼ばれた気がした――。

＊拝啓　義母上様＊

あとがき

お久しぶりです、沙夜です。この度は『前略母上様』の二巻をお手に取って頂きまして、ありがとうございます。

はじめに物語の流れを考える際に、せっかく日本の要素を盛り込むのならば、手紙の要素も入れたいなと思いつき、セレナは女性だから書き出しは前略？　でも拝啓も使いたいな～などとうんうん考えたものです。近年手紙なんて書く機会は全くと言って良いほどありませんが、日本古来の美しさとか、奥ゆかしさを感じられますよね。そんな思いもあり、最後は手紙にして終わりたい！　という目標を立てていましたが、無事に達成できて満足です！

キャラについて少し……。改稿作業で改めて読み返すと、「……なんかレオよりリュカの方がセレナと仲良しじゃない？」と思ってしまいました（笑）。幼い頃からずっと一緒にいましたから、セレナとの絆が強いのは仕方ありませんが、ヒーローとしての立つ瀬が……と若干憐れに思ってしまった作者です。とは言いつつも、作者もこのリュカをとても気に入っておりました……無意識に贔屓してしまったのかもしれません。ごめんね、レオ。

そんなキャラ達を今回も美麗なイラストで描いて下さったムネヤマ先生には感謝の気持ちでいっぱいです。二巻もセレナ無双な挿絵の数々、ありがとうございます！　お兄ちゃんズとミア&リオネルも眼福です。もてなしの舞のシーンも美しすぎでした！　また、花をモチーフにした怜奈の髪飾りがセレナの制服のブローチになり、二巻のカバーでも帯留めになっているというのも素敵でした！　感謝感激です！

また、二巻続けてそして色々とご指導下さいました担当様方をはじめ、この作品を刊行するにあたって心を砕いて下さった皆様に、最大級の感謝を。本当にありがとうございました。

さて最後に、今回で完結となりますこのお話ですが、読者の皆様の読了感はいかがだったでしょうか？　作者は二児の母でもあるのですが、親となって実際に子どもを育ててみると、思うようにいかないことばかりで、それはそれは大変です……。母親って偉大だな……とこの年になって感謝したものです。セレナのように、いつまでも親への感謝の気持ちは忘れないようにしたいなと思う今日この頃です。読者の皆様の中には、子育て真っ只中！　の方もいらっしゃるのではないかと思います。子どもが一番の生活の中で、どうか自分のことも労わり、頑張っている自分を褒めてあげて下さいね。

それではまたいつか、お会いできることを願っております。最後までお読み頂きまして、ありがとうございました。

沙夜

プティルブックス

前略母上様　わたくしこの度異世界転生いたしまして、悪役令嬢になりました　2

2024年3月28日　第1刷発行

著　者　沙夜　©Sayo 2024
編集協力　プロダクションベイジュ
発行人　鈴木幸辰
発行所　株式会社ハーパーコリンズ・ジャパン
東京都千代田区大手町 1-5-1
04-2951-2000（注文）
0570-008091　（読者サービス係）
印刷・製本　中央精版印刷株式会社

Printed in Japan K.K.HarperCollins Japan 2024
ISBN978-4-596-53951-9